光文社文庫

文庫書下ろし／長編時代小説

浮世小路の姉妹

佐伯泰英

光　文　社

この作品は光文社文庫のために書下ろされました。

目次

浮世小路周辺図
今川橋
神田堀(竜閑川)
十軒店町
時ノ鐘
大伝馬町
新材木町
堀留町
本銀町
竜閑橋
本町
伊勢町
小船町
堀江町
新乗物町
本石町
金吹町
浮世小路
伊勢町堀
万橋
室町三丁目
雲母橋
稲荷
本町
本革屋町
瀬戸物町
伊勢町
室町二丁目
駿河町
本小田原町
親父橋
常盤橋御門
本両替町
室町一丁目
照降町
荒布橋
品川町
本舟町
竈河岸
小網町
思案橋
江戸橋
日本橋川
一石橋
日本橋
N
湯島天神
蔵前
水戸徳川家
春日町
牛込
森田町
御米蔵
神田明神
外神田
向柳原
神田川
神楽坂
牛込御門
小石川御門
水道橋
天王町
浅草橋
柳橋
御竹蔵
昌平橋
筋違御門
和泉橋
柳原土手
両国広小路
番町
田安御門
俎板橋
雉子橋御門
一ツ橋御門
内神田
馬喰町
回向院
両国橋
本所
神田橋御門
竪川
市谷御門
清水御門
小伝馬町
今川橋
浮世小路
日本橋
新大橋
常盤橋御門
北町奉行所
小名木川
麹町
室町
江戸橋
江戸城
仙台堀
深川
半蔵御門
呉服橋御門
日本橋
南茅場町
西之御丸
材木町
蛤町
永代橋
南町奉行所
鍛冶橋御門
京橋
八丁堀
組屋敷
霊岸島
富岡八幡宮
永田町
赤坂御門
桜田御門
山王日枝神社
数寄屋橋御門
西本願寺
石川島
越中島調練場
溜池
新橋
築地
佃島
幸橋御門
汐留橋
0
1km

浮世小路の姉妹

第一章　姉と妹

一

町火消《まちびけし》、享保《きょうほう》五年（一七二〇）の八月、組合がなれり。一番組から十番組までに分かれ、その下にい組よりを組まで四十七組まで数えしが、へ組、ら組、ひ組、ん組の四組はなし。江戸の名物は、

「火事喧嘩《けんかい》伊勢屋《せや》稲荷《いなり》に犬の糞」

と称された。

世は下り、晩夏のとある日。

駿河町《するがちょう》の二階建て瓦葺《かわらぶ》き土蔵造りの上総屋《かずさや》の屋根に上がった一番組い組の町火消昇吉《しょうきち》は、日本橋《にほんばし》から神田堀《かんだぼり》（竜閑川《りゅうかんがわ》）までの往来《おうらい》を眺め渡し、

「こりゃ、高けえぞ、すげえや」

と思わず漏《も》らしていた。

「おい、てめえの名はなんだ」

とい組四百九十六人を束ねる若頭《わかがしら》の吉五郎《きちごろう》が鳶口《とびぐち》を手に質《ただ》した。

「へえ、若頭、昇吉ですぜ」

「昇の字はどんな意だえ」

「あっ、昇《のぼ》るってのは、二階屋根などに昇るの意だと、い組に奉公するとき総《そう》頭《がしら》に聞いたな」

「おお、昇吉、おめえの仕事場がここなんだよ。往来を見て驚いていてどうするよ」

吉五郎が上総屋の火の見台に立ち、

「天水桶《てんすいおけ》に水は入っているな」

「若頭、たっぷりと入ってますぜ」

い組の鳶見習に入って二年、ようやく見習の二文字が取れそうな十七歳の昇吉が天水桶の縁《ふち》に片手を置いて答えた。

「見ねえ、日本橋の方向をよ」

「ううーん、人だらけだぜ」

「おお、日本橋は五街道《ごかいどう》の基《もとい》だからな」

「若頭、基はいいかね」

「基はいいかって、当たり前よ。それが証《あか》しに日本橋の北詰《きたづめ》は室町《むろまち》一丁目から始まらあ。日本橋の袂《たもと》が一丁目、この界隈《かいわい》が縄張りの一番組い組は、町火消の基なんだよ」

「そうか、一番組い組は、日本橋と同じで町火消の基か」

「ああ、いささか譬《たと》えが大仰《おおぎょう》だが、そんな風だ。

いいか、昇吉、この日本橋近くの町人地は、一町につき、京間六十間《けん》四方と家康《いえやす》様の江戸入りの折りに区画されたんだよ。おれたちが見下ろしている室町一丁目は品川町《しながわちょう》通りとの交差でひと区画、続いて室町二丁目はこの駿河町通りの木戸口自身番屋《じしんばんや》までひと区画だ。

日本橋の北詰から品川町通り、駿河町通り、本町《ほんちょう》通りと、辻ごとに自身番屋があらあ。

火が出てよ、火の見櫓《やぐら》の鐘がジャンと鳴ったらよ、本銀町《ほんしろがねちょう》の北側と聞いただけで、町火消はすぐに、あそこの角は土蔵造りだとかよ、二階建てだが、板壁だぞってなもんだ。土蔵の白壁の鉤《かぎ》に縄を引っかけてするすると昇り、土蔵の風《かざ》孔《あな》が空《あ》いてたらよ、味噌《みそ》なんぞを突っ込んで土蔵に火が入らないようにしようとか、梯子《はしご》を持って走りながら、次の動きをてめえの頭に叩《たた》き込ませるんだよ、すると火事場に着いた折りにだれよりも早く動けらあ」

と吉五郎が昇吉に説明した。

吉五郎の父親は町火消一番組い組の総頭五代目江左衛門《こうざえもん》だ、ゆくゆく吉五郎が六代目江左衛門を継ぐことになる。

「若頭、おいらが見てるこの大通りの反対の端は、神田堀、竜閑川に架かる今川橋だな」

昇吉が日本橋の人混みを見ていたが、北詰の方角へと視線を移しながら訊いた。日本橋から神田今川橋までおよそ七丁《ちよう》（約七百六十メートル）あった。

「おお、日本橋に比べて今川橋は」

「ちょろっこい橋だよな」

「ああ、おまえの生まれ育ったのは神田堀向こうの紺屋町《こんやちよう》裏だったな」

「おお、越後屋《えちごや》って米屋の家作《かさく》、裏長屋で育ったのよ」

「うちの鳶の連中はよ、裏長屋だろうと棟割《むねわり》だろうと、お城を間近に見ながら育った江戸っ子だ。い組の縄張り内はとくと承知していなきゃあならねえや」

と言った吉五郎の眼差《まなざ》しは室町三丁目辺りで止まった。

昇吉も吉五郎の視線を追い、

(ああ、浮世小路《うきよこうじ》の美形の姉妹だ)

と思った。

半年前の師走《しわす》、浮世小路の料理茶屋、加賀屋《かがや》うきよしょうじが火事で焼失した。

い組の縄張り内の火事だ。

真っ先に駆けつけて若頭の吉五郎は纏持《まといもち》の平次《へいじ》といっしょに加賀屋の二階屋根に上がり、火消し作業をなした。

昇吉は、夜空に向かって燃え上がる炎を見たとき、大変な火事になると思った。

「まず人の命を守ることだ」

火事場に取り残された加賀屋の身内や奉公人を助け出すために炎の中へ敢然《かんぜん》と飛び込んでいった。

この加賀屋の火事は、のちに月番《つきばん》の南町奉行所が火付けと認めた。この火付けで逃げ遅れた主の加賀屋七兵衛《しちべえ》と女将《おかみ》のお香《こう》が焼死した。

そんな騒ぎから半年が過ぎていた。

「若頭、ありゃ、うきよしょうじの姉妹だよな」

「ああ」

吉五郎が姉妹の姿を見ながら応じた。

「元気になったかね」

「そうなってほしいな」

「十八と十四だったよな」

「いや、十九歳のお佳世《かよ》さんと十四歳のお澄《すみ》さんだ」

と若頭が昇吉の言葉をはっきりと訂正し、

「あの火事は失火なんかじゃねえ、火付けだったぜ。何しろ火の回りが早かったしな」

「風も強かったよな」

「火付けの野郎、風の強い夜を狙《ねら》ったのよ」

「若頭、未《いま》だ火付けは捕まってないのか」

「ねえな。料理茶屋の加賀屋うきよしょうじを狙ったか、それともどこでもよかったのか」

「加賀屋は浮世小路の大店《おおだな》だもんな。あの姉妹、あれからどうしていたのかね」

「さあな」

と応じた吉五郎だが、なんとなく姉妹の近況を若頭が承知しているように昇吉には思えた。

「姉と妹が入っていったのは、甘味処《かんみどころ》だよな」

「ああ、死んだ女将さんの親戚筋だよ」

「そうか、知り合いか。甘いものが食いたくなったか、とすると少しは元気になったかね」

「そうだといいな」

「ところで若頭さ、料理茶屋の屋号は奇妙だよな。なんだえ、うきよしょうじって」

「おお、そのことか。あの姉妹の出は加賀の金沢《かなざわ》なんだよ、あちらの訛《なま》りではな、浮世小路をうきよしょうじというそうな。小商《こあきな》いを始めた初代が故郷を忘れ難《がた》く加賀屋うきよしょうじと名づけたと聞いたぜ。もっとも江戸っ子はうきよしょうじなんてまどろっこしい名は呼ばないな、浮世小路の加賀屋だ」

と昇吉に応じた吉五郎が、

「さあ、下りるぜ」

と言った。

昇吉は吉五郎と別れて、上総屋の二階屋根の、天水桶と風見のある火の見台から見た大通りに沿って、今川橋から始めて南側のお店を丁寧に見て回った。そして、一軒一軒、なんの商いの店か、間口は何間か、二階屋か平屋か、建物は切石積みに土塀か板壁か、屋根に火の見台があるかなしか、お店に主の身内と奉公人が何人ずつ住んでいるか、主の、番頭の名はなにかを尋ねて書き込んでいった。

駄菓子屋のおかみさんなどは昇吉の顔をよく知っていて、

「おや、昇公、近ごろは菓子を盗みに来ないね」

「おかみさん、ガキのころは迷惑かけたな。おりゃ、今は町火消よ」

「一番組い組五代目江左衛門総頭の手下だものね。盗みはできないやね」

「おお、繰り返し菓子を盗んでいく者がいたら、おれに言ってくんな、おれがさ、厳しく言い聞かせるからよ」

「本気にしないが聞いとくよ」

と幼いころからの馴染《なじみ》のおかみさんが言った。

日本橋の真ん中に立ったころ、昼下がりの八つ半（午後三時）の刻限《こくげん》だった。

一石橋《いっこくばし》の向こうに江戸城の甍《いらか》が見えて、その背後に富士山が聳《そび》えていた。なんとも美しい江戸の光景だった。

馬に乗った武家一行が槍《やり》を立てて通り過ぎ、棒手振《ぼてふ》りが天秤棒《てんびんぼう》の両端に竹籠を下げて、活《い》きのいい魚の鱗《うろこ》が輝いていた。

在所《ざいしょ》から江戸に公事《くじ》に出てきた数人連れが、

「ここが江戸の日本橋けえ、今日は祭礼かね、えらく人出が多いではねえけ」

「徳三郎《とくさぶろう》、ばかこくでねえ。祭なもんか、日本橋はいつもこの程度の人出だべ」

「ほうほう、江戸は人が多いだか、ようも稼ぎ仕事があるだね」

などと言い合いながら南詰の高札場《こうさつば》へと人混みの中を消えていった。

その途端《とたん》、

「なにをするだ、わすの足に犬っこが小便をかけたぞ」

「われは犬っこに好かれるだな」

と言い合う声が聞こえていたが、不意に、

「おれ、わすの巾着《きんちゃく》をさわったのは五助《ごすけ》だか」

「ばか、ぬかせ。わすは他人の財布にはさわらねえだ。ほれ、わすの財布はここにあるだ」

と言いかけた在所者が、

「わすの財布がねえだ」

「わすの巾着もねえべ」

「掏摸《すり》だべ、掏摸だぞ。今晩、旅籠《はたご》にも泊まれねえだ」

「わすらの周りにまとわりついていた犬っこを連れたひょろりとした男が掏摸でねえか」

「おお、あそこにおるだ」

と在所者が言い合い、犬連れの掏摸が財布から金子《きんす》を抜いて、財布を日本橋川の流れに投げ捨てようとした。

「待ちねえな、兄さんよ」

昇吉が鳶口の鉤の背で掏摸の手を欄干《らんかん》に押さえつけた。

「なんだ、てめえ」

「兄さん、おまえさん、財布をいくつ持っているね」

「大きなお世話だ、どてっ腹を匕首《あいくち》でえぐろうか」

掏摸が片手を襟元《えりもと》に突っ込んだ。

「やめなやめな、おれの鳶口が先に兄さんの掌《てのひら》に穴を空けるぜ、掏摸が利き手を使えないじゃ、商いあがったりだぜ」

ふたりの問答を近くで聞いた通りがかりの職人が、

「おーい、掏摸は火消の兄さんにとっ捕まっているぜ」

と叫び、高札場にいた御用聞《ごようき》きの西河岸《にしがし》の八百蔵《やおぞう》親分と手下が飛んできた。さらには財布を盗られた在所者たちが、

「わすの巾着はあるだか」

「おらの財布には三十七両の大金が入っていただよ」

と騒ぎ出し、

「ちえっ、在所者がよく言うぜ。財布に二両とは入ってなかろうじゃねえか」

と言いながら掏摸が慌てて手を抜こうとしたが、力自慢の昇吉の鳶口は、びくともしなかった。

「おお、てめえは犬連れのうの字《じ》だな。年貢の納め時だぜ」

と手下のひとりが言い、

「手柄はい組の火消し、昇吉か」

と顔見知りの十手持ちが言った。

「八百蔵の親分かえ、こいつ、中身を抜いて財布を流れに落とそうとしたぜ。懐

に匕首といっしょにふたつ三つ、在所の衆の巾着が入っていそうだな」

「よし、昇吉、うの字をこっちにもらい受けた。こやつの調べ次第では、奉行所に呼ばれるぜ」

「西河岸の親分よ、おりゃ、奉行所も番屋も好きじゃねぇよ」

ふっふっふふ
と笑った八百蔵親分が、

「昇吉、がき時分の悪《わる》さはもはや無罪放免だ、安心しねぇ。奉行所に呼ばれるったって叱られるんじゃねぇや。お褒めに与《あずか》るのよ。青ざし五貫文《ごかんもん》を頂戴《ちょうだい》するのよ」

「おりゃ、なにもしてねぇがね。ただ、うの字の手を欄干に押さえ込んだだけだぜ」

「それがよ、並みの者にはできるこっちゃねぇんだよ。若頭の吉五郎さんがよ、昇吉はいい鳶になるぜ、と褒めていなさったが、どうやら真《まこと》のようだな」

「えっ、親分、おりゃ、最前まで若頭と一緒だったがよ、注意を受けることはあっても褒められたことなんて指っ先ほどもねぇぜ」

「おめえがのぼせ上がらないように当人には言わねえだけだ」

「そうかね」

西河岸の親分と昇吉の問答が済むころには、掏摸のうの字は、手下たちに後ろ手に縛られ、ついでに掏摸の「子分」の犬っころも首に捕縄を結ばれて南茅場《みなみかやば》町《ちょう》の大番屋に連れていかれることになった。すると掏摸のうの字が、

「てめえは、町火消い組の昇吉か、ただじゃ済まねえぜ」

と昇吉を睨《にら》みつけた。

「利き手は大丈夫か、おりゃ、そっと押さえていただけだ。ところでうの字なんて妙な名だな。曰《いわ》くがあるのか」

「くそっ」

吐き捨てたうの字に、

「たしか品川宿《しながわしゆく》のうどん屋の倅《せがれ》の卯吉《うきち》だったな。うどんも卯吉も頭がうの字だ、それでうの字なんてふたつ名にしたんだったよな」

と八百蔵が言い、

「うどんやの卯吉を大番屋にひっ立てねえな」

と手下に命じた。

日本橋の上に残った昇吉に、着流しの男が近づいてきた。

「昇吉さんかえ」

うむ、と小粋《こいき》な風体《ふうてい》の男を昇吉が見返すと、

「おりゃさ、八百蔵の親分もとくと承知の読売屋《よみうりや》の新三郎《しんざぶろう》よ。橋の上の小せえ騒ぎ、おれの読売に書かせてもらっていいかね」

「小せえ騒ぎね、一々改めて説明するなんて御免だな、おりゃ、御用の途中よ」

「この界隈で火事はなさそうだぜ」

「そうじゃねえや、今日は若頭の命《めい》で、神田堀の今川橋から日本橋までどんなお店がどこにあるか、調べて帳面《ちょうめん》に認《したた》めている途中なんだ」

「ほうほう、仕事熱心だな。おまえさんに訊くことなんてなにもねえや、掏摸のうの字と八百蔵親分の問答を聞いていたからな、あとはこの新三郎に任《まか》せねえな」

「ならば勝手にするがいいや」

「よし、読売になったら、一番組い組の五代目の家に放り込んでおこう」

と言うと新三郎が高札場のほうに人混みを縫うように消えていった。

昇吉は水引暖簾《みずひきのれん》の八百屋と乾物屋を兼ねる叶屋《かのうや》からお店調べを再開した。

この界隈は、魚河岸《うおがし》ややっちゃ場があるので、暖簾や看板を掲げた店の前の往

来で野菜や魚の立ち売り、露天《ろてん》商いが百数十軒も客を呼んでいた。ために町が仕切って場所割りをした。

昇吉は、立ち売りのことまで事細かに手作りの帳面に細かい字で認めた。

字は、い組に入る前に寺子屋に何年も行かされていたので、漢字交《ま》じりのひらがな文字で認めることができた。い組の五百人近い火消人足で読み書きができるのは、二十人にひとりいるかどうかだ。まだい組に入って二年の昇吉が重宝《ちょうほう》されるのは、親が寺子屋に通わせてくれたお陰だった。

「おい、昇吉、おめえ、形《なり》が大きいってんで、御用聞きの手下にでもなったか」

ともそもそとした口調で声をかけてきたのは、紺屋町の裏長屋住まいの仲間の則松《のりまつ》だ。子どものころから則松は背丈《せたけ》が小さく、今では昇吉と頭ひとつ半の差があった。

「おりゃ、い組の火消だ」

昇吉が鳶口を見せた。

「ふーん、稼ぎはいいか」

「稼ぎは大したことはあるまい。けど鳶の仕事も火消もよ、人のためになっているんでよ、おりゃ、好きなんだよ。則松は、乾物屋の立ち売りか」

「おお、競争相手が多くてよ、稼ぎにはならないや。おれもい組に鞍替《くらが》えしようかな」

と則松が言った。

「則松、おまえさん、不器用の上に力仕事はダメだったよな。字は書けるか」

「読み書きできるならばよ、なにも乾物の立ち売りなんてしてねえよ」

「となると五百人近くいるい組の鳶に加わるのは難しいかもしれないぜ。しばらく立ち売りをしていねえな。なんぞ稼ぎがよさそうな仕事があったときには知らせるぜ。安房屋《あわや》の裏長屋に住んでいるんだな」

「おうよ、おれの日当で長屋なんぞのひとり住まいもできねえもんな。昇吉は通いか」

「火消はジャンと火の見櫓の鐘が鳴ったら、ひと息に押し出すんだよ。い組の組屋敷にざこ寝だ」

「男が五百人もざこ寝か、そりゃ、おれには向かないな」

日ごろは鳶でありながら火事になると火消に早変わりする仕事を、則松があっさりと諦めた。

則松と別れた昇吉は、駿河町通りの三井越後屋《みついえちごや》の前に立った。

駿河町通りで一番の大店が三井越後屋だ。伊勢松坂《いせまつさか》の出の三井高利《たかとし》が京から江戸へと、延宝《えんぽう》元年（一六七三）に移り開いた呉服店は、

「現銀掛値なし」

のうたい文句で大成功を収めていた。現在は両替商《りようがえしよう》でもある。

一日に千両万両の売り上げのある三井越後屋のある駿河町の木戸は白塗りだった。そして、海鼠壁《なまこかべ》に紺地の長暖簾、銅《どう》の雨樋に紅殻格子《べんがらごうし》と、辺りの店とは一線を画すきれいな店構えだった。

上総屋の二階屋根の火の見台から見下ろしていた三井越後屋は商売繁盛に見えたが、店の前で眺める大店は、奉公人も客も大声で会話するわけではなく、ぴりりとした緊張があった。

「おい、昇吉、ぼうっと見ていると店の番頭さんが役人を呼ぶぞ」

とこんどは木戸番から声がかかった。

振り向くと、い組の小頭《こがしら》を務めていた大安《たいあん》の仁太郎《じんたろう》だ。

鳶も火消も若さが武器だ。

仁太郎は四十の半ばにい組を辞めていた。

昇吉がい組に入ったばかりの時節だ。

「大安の兄さん、駿河町の木戸番を務めておいででしたか」

「町火消や鳶は、若くなくちゃできねえや。おれはいいときにい組を辞めたよ。三井越後屋の客は、上客ばかりだ。駕籠《かご》を呼びに行くだけで、なにがしかの銭《ぜに》をくれるのよ、一日務めるとばかにならないぜ」

この言葉で則松を思い出した。

「昇吉、なにを考えているか知らないが、一番組い組、鳶の誇りを捨てなきゃあ、この仕事は務まらないぜ」

「分かってます、兄さん」

昇吉が答えたところに三井越後屋の手代《てだい》らしき奉公人が、

「仁太郎、乗物を一丁呼んでおくれ、急いでですよ」

と父親ほどの歳の仁太郎に命じた。

「へえへえ、ただ今直《す》ぐに」

と元い組の小頭が往来に飛び出していった。

二

本町通りの他の店々が表戸を閉め始めたとき、汁粉《しるこ》や甘味、それに雑煮《ぞうに》が売り物の小体《こてい》な店の前に浮世小路の美形の姉妹が立った。

「おばさん、明日からふたりしてちゃんと朝四つ（午前十時）の刻限前に参ります、よろしくお願いします」

姉娘が声をかけるのを昇吉は表通りから聞いた。ちょうど通りかかったのだ。

「あら」

妹娘のお澄が昇吉を見て驚きの声を漏らした。

「お、おれ、あやしい者じゃねえぜ。このよ、大通りのお店をあっちに行ったりこっちに来たりして、調べて回ってんだ」

「知っています。浮世小路のうちの店が火事になったとき、助けてくれましたよね。火消のお兄さんよ」

「おお、い組の新米火消だ」

昇吉が答えたとき、姉娘のお佳世が、

「い組の若頭吉五郎さんとこの火消さんよ、お澄」

昇吉の顔を見て言い添えた。

「へえ、うきよしょうじのお佳世さんとお澄さんだね、少しは元気になりましたかえ」

「ありがとう」

お佳世が応じたところへ、甘味処の女将、おいちが、

「どうしたえ、お佳世、お澄」

と店から出てきてだれとはなしに問うた。

「おばさん、うちが火事になったとき、私たちの命を助けに炎の中に飛び込んできたい組の若い衆よ、名前はなんだっけ」

「昇吉だ」

お佳世の問いに答えると、小洒落《こじゃれ》た丸窓のある、甘味処と客が呼び習わす店から出てきたおいちが半年前の火事を思い出したように顔を歪めた。

「そうかえ、うきよしょうじが火事で燃えてさ、七兵衛さんとお香さんが亡くなったなんて未だ信じられないよ。あんときぁ、世話になったね」

「おりゃ、新米でさ、大した手伝いができなくてよ、旦那夫婦を死なせてしまい

老舗《しにせ》の加賀屋を燃やしてしまってよ、すまねえ気分なんだ」

「へえ、若い火消がそんな殊勝《しゅしょう》なことを言うかえ。昇吉さんといったかえ、明日から姪っ子ふたりがうちの手伝いをすることになったんだ。よろしくね」

とおいちが言った。

この界隈では町火消のい組は、絶大の信頼があった。

「女将さん、おれ、若頭の吉五郎といっしょにさ、最前、上総屋さんの火の見台に上がらせてもらってさ、日本橋から今川橋まで眺め下ろしたんだ」

「あら、ならば、おばさんの甘味処も見下ろしたの」

「おお、ちょうど、おまえさん方がこちらを訪ねてきたところを若頭といっしょに見たぜ」

「吉五郎さんたら、私たちを見下ろしてなにをしようという気かしら」

「お佳世さん、こりゃ、い組の仕事のひとつなんだよ。万が一、火事になったときよ、ああ、ほんとは火事になんてならなきゃいいんだけど、うきよしょうじみていに火付けでさ、えらい目に遭わないように、前もって店の様子を知っておくんでさ。裏口があるとかないとか、天水桶がどこにあるとかさ、若頭がおれを連れて、ほれ、あすこの火の見台に上がったんだよ。こりゃ、御用なんだよ」

昇吉が必死で抗弁《こうべん》した。

「昇吉さん、私が言ったのは冗談よ。い組の若頭が悪さなんて考えてないことは百も承知よ」

「ああ、おどろいた」

と昇吉が言い、

「お佳世さん、お澄さん、どこへ帰りなさる。おれが送っていこうか。よそ者が悪さを考えないともかぎらないだろ」

「おや、昇吉はいくつだえ、なかなか隅《すみ》に置けないね」

とおいちが言った。

「女将さん、おりゃ、なにも悪さなんて考えてねえよ。吉五郎の若頭の手下だから さ、い組の看板に泥《どろ》を塗るような真似《まね》は決してしねえよ」

昇吉が真顔で言い切った。

「昇吉さん、いくつ」

「お佳世さん、おれ、十六、じゃねえ。十七だ」

「初心《うぶ》なのね。送っていって」

お佳世が昇吉に願った。

姉に頷《うなず》いた昇吉が、

「女将さん、明日さ、こちらの甘味処に聞き取りに来るぜ。本町通りの店のすべてに一軒残らず訊いて回ってんだ。うん、若頭の命でな」

「万が一の折りに備えているのよね」

とお佳世が昇吉の言葉を先回りして、

「おばさん、明日からよろしく」

そう改めて言い残して、三人は浮世小路の入り口に向かって歩き出した。

「あのう、訊いていいかね」

昇吉が姉妹に許しを乞うた。

「嫌だったら答えなくていいんだぜ」

「あら、訊かれなきゃあ嫌かどうか分からないじゃない」

「まあ、そうだけどよ」

「なんなのよ」

お佳世はちゃきちゃきの江戸っ子のようで、ぽんぽんと言葉を返してきた。一方、妹は、恥ずかしがり屋なのか大人しかった。

「おまえさん方の浮世小路の加賀屋はなくなったよな」

「昇吉さん方、鳶の皆さんが焼け跡を片づけてくれたじゃない」

「ああ、おれたち、火消で、鳶だもんな」

「なにが知りたいの、昇吉さん」

と妹のお澄がゆったりとした口調で訊いた。

「家も店もなくなってさ、ふたりしてどこに寝ているんだ」

「心配してくれてんの」

「新米の火消が案じてもなんの手伝いもできないけどよ、気になるじゃないか」

と応じた昇吉に、

「行けば分かるわ」

姉娘が浮世小路に入るために曲がった。

「火消の新米、これから行く浮世小路に何軒食い物屋があるか承知かえ」

「うん、浮世小路にか、卓袱《しっぽく》料理の百川《ももかわ》だろ、うなぎの蒲焼《かばや》きの伏見屋《ふしみや》に浮世だんごと汁粉が名物の松屋《まつや》の三軒に、料理茶屋加賀屋うきよしょうじで四軒だな。どこも入って食ったことはないけどな」

「新米、さすがにい組の若頭の手下だね、燃えちまったうちの名を加えてくれたか」

お佳世が笑みの顔で言った。

「だってよ、浮世小路の老舗をこのまま放りっぱなしにはしないだろ、お佳世さんさ」

「うーん、代々の先祖と、うちのお父《とつ》つぁんとおっ母《か》さんが命を張ったうきよしょうじだよ、なんとか再建したいけどさ」

「先立つものがないか」

「おや、吉五郎若頭の手下は、嫌なら答えなくていいなんて前置きしながら、ぬけぬけと訊くよ。加賀屋は五代つづく老舗だよ、別邸がさ、川向こうの仙台堀、深川蛤町《ふかがわはまぐりちょう》飛地にあるし、なんとしても店を元どおりにしたいけどね」

なにか曰くがありそうなお佳世の口ぶりだった。

伊勢町堀《いせちょうぼり》の堀留の一角、料理茶屋加賀屋うきよしょうじがあった焼け跡に足を止めたお佳世が灯《あか》りの点《とも》った船を指差した。

「そうか、大川《おおかわ》の花火なんぞに馴染客を乗せて繰り出す屋根船が一艘《そう》燃え残ったか」

「火付けのあった折り、川向こうの別邸の船着場にあってさ、火事に見舞われなかったの」

「そうか、そんで屋根船を使って店開きしようという魂胆《こんたん》か」

「新米、世間ってのは、そう容易《たやす》く物事が進まないのさ。あの屋根船は、私たちの当座の住まいなの」

「えっ、お佳世さんとお澄さんのふたりで屋根船暮らしか。剣呑《けんのん》だぜ、女ふたりで寝泊まりするなんて」

「昇吉がお澄とわたしの用心棒をしてくれるってか」

「うーん、おれ、なんども言うけど、い組の火消でさ、鳶なんだよ。毎晩は泊まり込めないな」

「お澄、若頭の手下、大丈夫かね。うちには奉公人は番頭を始め、男衆《おとこし》も女衆《おんなし》もいるよ。妹とわたしが寝泊まりしてるだけじゃないよ。当座、焼け跡を見張るために船に寝泊まりしてるんだよ」

「お佳世さん、うきよしょうじの普請《ふしん》は直ぐにはできそうにないかえ。だって、甘味処でふたりして働くというからさ、おりゃ、食い扶持《ぶち》にも困っているのかと思ったよ。そうか、老舗の料理茶屋となれば、川向こうの深川蛤町には別邸があってさ、大事なものはあちらに保管していたか」

「まあね、新米」

と曖昧《あいまい》に答えたお佳世が、

「ここまで送ってくれたんだ、屋根船の中を見ておいでよ」

と言い、伊勢町堀の堀留に泊められた船に声をかけた。

「ただ今戻りましたよ」

「お帰りなさいまし」

と船の中から声がして障子戸が開かれた。

障子に、

「料理茶屋うきよしょうじ」

と薄墨で屋号が書かれた船の全長は十間（約十八メートル）余り、船幅一間八尺（約四・二メートル）はありそうで、船室にはいくつかに区切りがされていた。

艫《とも》の船室に昇吉は腰を屈《かが》めて入った。座してみると、なかなかの空間だった。

「驚いたな、こりゃ、おれが生まれ育った裏長屋より、何倍も広いぜ。そうか、うきよしょうじの男衆も何人か寝泊まりしているか。おれが案ずることなんて、なにもなかったな。でもよ、鳶のおれに手伝うことがあったら、なんでも言ってくんな」

と昇吉が姉妹に挨拶《あいさつ》して帰ろうとすると、

「お嬢さん方、だれを伴《ともな》ってこられました」

番頭の伽耶蔵《かやぞう》が案じ顔で、仕切りの向こうから姿を見せた。

「番頭さん、甘味処で会った、い組の昇吉さんよ。わたしたちが女ふたりと思って送ってくれたの」

「おや、吉五郎若頭のところの若い衆でしたか。兄さん、名はなんと言いなさったな」

と番頭が昇吉に質した。

「へえ、昇吉と申しますが、船を見せてもらって安心しましたので、おりゃ、これで失礼させてもらいます」

「うむ、ちょ、ちょっとお待ちなされ、昇吉さんと言われましたか。あんたさん、今日の昼下がり、日本橋の上でうの字とかいう掏摸を捕まえなすったか、ほれ、読売にあんたの手柄が書き立ててございますよ」

「はあ、あの小騒《こさわ》ぎがもう読売になってますんで」

と驚く昇吉に、

「昇吉さん、そんなことちっとも口にしなかったわね」

お佳世の口調が、奉公人の前では丁寧なものに変わっていた。

「ありゃ、成り行きでさ、在所者の懐を狙った掏摸がおれの前で金子を抜いて財布を日本橋川に落とそうとしていたんでさ、それで、おれ、鳶口でうの字の手を欄干に張りつけただけなんで」

「えっ、昇吉さん、掏摸の手を鳶口で欄干に突き刺したの。可哀《かわい》そうよ、うの字さん」

「お澄さん、いくらなんでもそんな真似はしませんよ。ただ鳶口の背で押さえつけていただけなんで、うの字は血の一滴《いってき》も流していませんよ」

「昇吉さん、お手柄ですよ。うの字なる掏摸は、在所者を人混みで狙って、これまでに何十両も稼いでいたそうな。町奉行所では掏摸は証しが少ないので、獄門《ごくもん》台《だい》は難しいが、こんどばかりは遠島《えんとう》間違いなしと言っているそうですよ。昇吉さん、いいことをしなすったね」

伽耶蔵の昇吉を見る目が変わった。

「昇吉さん、掏摸の話って上総屋さんの火の見台に上がったあとのことなの」

お佳世が質した。

「へえ、あとのことで」

「昇吉さん、上総屋の二階屋根に上がったり、日本橋では掏摸を捕まえたり、そのあと、私たち美形の姉妹に会ったり、忙しい日を過ごしたのね」

「昇吉さん、読売にも載ったのよ」

お澄が昇吉の顔をまじまじと見て言い添えた。

「おお、そうよ。お澄、わたしたち、えらいお兄さんと知り合ったのね」

「うちの店が焼けたときも助けてもらったのよ。店が再建された折り、若頭の吉五郎さんと昇吉さんをお招《まね》きしなきゃあね。番頭さん、覚えておいてよ」

お澄が番頭の伽耶蔵に言った。

「そりゃもう。ともかく、うちも火付けをした野郎をとっ捕まえれば、すぐにも店の普請に取りかかれるんですがね」

「そうだわ、昇吉さん、火付けを捕まえてね」

お澄が昇吉に願った。

「お澄さん、おれは新米の火消で、鳶の見習ですよ。火付けを捕まえるのは、町奉行所の同心か、火付盗賊改方《ひつけとうぞくあらためかた》ですよ」

「だって今日、掏摸を捕まえたじゃない。火付けは幾《いく》たびも同じところに戻ってくるそうよ。もし、うちになんかあったら、昇吉さんならば、捕まえることができるわ」

「そうですかね、掏摸と火付けはだいぶ違いそうだがな」

と昇吉が首を捻《ひね》った。

「火付けのせいで、うちのお父つぁんとおっ母さんは死んだのよ。わたし、絶対許せない。だから、昇吉さんなんとかして」

「へえ、加賀屋うきよしょうじの主の仇討《あだう》ちですか、お澄さんのために若頭に頼んでみます」

お澄に言った昇吉は屋根船から堀留に降りて、改めて半年前に火事に遭った焼け跡に立った。

(どうやら料理茶屋うきよしょうじの建物が再建できないのは、火付けの下手人との間になにか曰くがありそうだ)

と昇吉は思いながら、燃え残った庭木と泉水《せんすい》だけになった焼け跡を見詰めていた。


町火消一番組い組の組屋敷は、本石町《ほんごくちょう》の時鐘《ときのかね》の傍《かたわ》らにあった。五百人近くの火消が暮らすのだ。すでに夕餉《ゆうげ》の刻限はとっくに過ぎていた。

台所を覗《のぞ》いてめしが残ってなければ、腹を減らして眠るかと覚悟をして広々とした台所に向かった。

「おまつさん、めしは残ってないよな」

片づけものをする女衆を差配する女衆頭おまつに、念のために声をかけてみた。

「おや、昇吉さんか、まだめしも食わず若頭の御用を務めていたかえ」

と言いながら折敷膳《おしきぜん》を供《きょう》してくれた。

「ありがてえ。腹を空《す》かせて寝るのを覚悟したんだ」

と言いながら膳の菜《おかず》を見た。

さんまの焼き物に大根おろしが添えられてあり、野菜の煮物もあった。

「汁は温めるよ」

「どうしたんだ、おまつさん。いつもと扱いが違うな」

「そりゃさ、掏摸をとっ捕まえて、い組の名を高めたというじゃないか。手柄を立てた若い衆を腹を空かせて寝かせちゃあ、い組の名折れだよ」

予想もしなかったことをおまつが言った。

「おれ、大したことはしてないんだがな。でも、ありがたいや。それにしてもなんだか、初物《はつもの》づくしの妙な日だった」

と言うところに、なんとこの刻限、珍しく若頭が台所に顔を見せた。

「若頭、ただ今戻りました」

「おれの命じた御用で遅れたにしては、ちとおかしいな。どこでとっ捉《つか》まっていやがった。ふたり目の掏摸をとっ捕まえたというわけではなさそうだな」

「へえ、浮世小路の料理茶屋の姉さんと妹さんと甘味処の前で会って、おれが送っていくことになりましたんで」

「なに、お佳世さんとお澄ちゃんに会ったか。まずは昇吉、めしを食いねえな」

吉五郎が莨《たばこ》入《い》れから煙管《キセル》を取り出した。

火消も鳶も早飯食いだ。いつ何刻《なんどき》、ジャンと本石町の時鐘が鳴らないともかぎらないからだ。

昇吉はさんまの焼き物と野菜の煮つけで、どんぶりめしを三杯食い、みそ汁を飲んで、

「へえ、若頭、お待たせしました」

と吉五郎の顔を見た。

「お佳世さんは、おめえが姉妹を送ると言ったら、浮世小路の焼け跡まで送らせたか」

「へえ、そのあと、屋根船の中に少しばかりお邪魔しましたんで」

「ふーん、お佳世さんがな」

訝《いぶか》し気な声を漏らした。

「若頭、おれ、余計なことをしましたかえ」

「おまえが無理やり押しかけたわけじゃあるまい。どうやら、おまえ、あの姉妹に認められたか。掏摸をとっ捕まえたことをお佳世とお澄のふたりは承知していたか」

「いえ、屋根船に乗っかった折りに加賀屋うきよしょうじの番頭の伽耶蔵さんが読売を持ち出して、お佳世さんとお澄さんが知ったというわけで」

「おめえが、初物づくしの妙な日だと言うのも分かるな」

「若頭、明日は、甘味処《と》から聞き込みを再開します。それでようございますか」

「おお、仕舞《しま》いまでやり遂げねえな」

「へえ」

「あの姉妹、おまえになんぞ注文をつけなかったか」

「へえ、妹のお澄さんに、なんとしても親の仇が討ちたいから火付けを捕まえてと頼まれました。おりゃ、新米の火消と鳶の見習、お門違《かどちが》いと断わったんですがね、お澄さんは、掏摸を捕まえたんなら、火付けもと」

「頼まれたか」

と応じた吉五郎が苦笑いした。

「それでおりゃ、若頭にお願いしてみると請《う》け合って屋根船を降りたんですがね」

「焼け跡でなんぞ考えたか」

「お佳世さん方は、半年前の火事騒ぎですってんてんになったんじゃない。料理茶屋の建物を新築する金子は持っておられる。さらに奉公人たちも番頭さんから料理人、さらには女衆までいつでも働けるように待っておられる。としたら、半年前の火事騒ぎは終わってないんじゃないかと、勝手なことを考えてしまいました」

「そうだな、わっしらは火消だ。火事の跡片づけは鳶として関わり合いを持っても、その先はないな。餅《もち》は餅屋だ、出番が違う」

と若頭が昇吉に本日見聞きしたことは忘れろという口調で言った。

「へえ、承知いたしました」

と昇吉は首肯《しゅこう》した。

三

翌日、昇吉は甘味処おいちの店から聞き込みを始めた。

すでに黄八丈《きはちじょう》のお揃《そろ》いの仕着《しき》せを着たお佳世とお澄の姉妹は、甘味処の小女《こおんな》として働き始めていた。

この界隈の人々は、ふたりが何者か承知していた。

浮世小路の料理茶屋加賀屋うきよしょうじの娘であり、半年前の付け火で家と店が焼け、両親が身罷《みまか》っていることもあり、

「お佳世さん、表に出る気になったかえ。住まいに籠《こも》っていても、気分は晴れまい。おまえさんたちが生まれ育ったのは、この室町界隈だからな」

と早耳の読売屋、新三郎が声をかけ、辻占《つじうら》の老婆が、

「死んだお父つぁんもおっ母さんもおまえさん方がくよくよしていたら成仏《じょうぶつ》できないからね。美形の顔をさ、お天道様《てんとう》と本町通りの住人にせいぜい拝《おが》ませてやるんだねえ」

と言って慰《なぐさ》めた。

「分かっていますよ、辻占のおばあさん」

と応じるお佳世の目に新米火消の昇吉の姿が留まった。昇吉はすでに手作りの帳面を持ち、細筆を手にしていた。

「若頭に昨日の話、告げたの、昇吉さん」

「うん、言うには言ったぜ。だけど、若頭は、餅は餅屋だ、火消が火付けを捜すなんて見当違いだって言いなさったな」

「へえ、吉五郎さんがそんなことをね」

「お佳世さん、こいつは日本橋西河岸の八百蔵親分にお任せするんだね。火消のおりゃ、おいちさんの店の聞き込みだ」

「おばさんの店の間口はせいぜい二間半（約四・五メートル）よ、天水桶もないし、二階はあるけど上総屋さんみたいに立派な火の見台もなしよ」

とお佳世が言った。

「裏口もなしか」

「おばさん、この家に裏口なんてあった」

と昇吉の代わりにお澄がおいち《ち》に尋ねた。

「お澄、こちら様はさ、おまえさん家の料理茶屋とは比べものにならない小店《こみせ》ですよ。でも、裏口くらいありますよ。昇吉さん、見るかえ」

おいちに言われて初めて入った店の奥に向かった。

甘味屋だけに若い娘の客が多い。薄紅色の土壁には、竹筒の花活けに季節の花が飾られて、本町の人形屋《にんぎようや》の年季物《ねんきもの》の張り子人形が置かれていたりして、華やかだった。

昇吉が裏口を確かめて店内に戻ると、三井越後屋を訪れる風情《ふぜい》の娘ふたりを連れた大店の女将風が新たな客として訪れており、お佳世が接待《せつたい》をしていた。

女将と髪を灯籠鬢《とうろうびん》に結った娘ふたりは、本両替町《ほんりようがえちよう》の筆頭《ひつとう》両替商、大坂屋《おおさかや》仁左衛門《にざえもん》の内儀《ないぎ》と娘だと、昇吉は気づいた。

「お佳世さん、お澄さん、ようやく私たちの前に顔を見せてくれましたか。大変な目に遭いなさったね。火付けなんてひどい話ですよ。下手人は捕まったのかしら」

「お内儀様、未だなんの知らせも町奉行所からはございません」

「そうなの、ひどいじゃない。人がふたりも死んでいるのよ。なんぞうちで役に立つことがあれば、本両替町に訪ねてきて」

と言った大坂屋の内儀が声を潜《ひそ》めて、

「こちらの甘味処、うきよしょうじさんと知り合い」

「はい、母方の縁戚《えんせき》なんです。妹と話して、少しでも表に出ようと思って、こちらからお願いして働かせてもらっているんです」

「あなたのところは、給金目当てに奉公するんじゃないわよね。

ともかく、最前の言葉、思い出してうちに遊びにいらっしゃいな。あ、そうそう、これから三井越後屋に行くんだけど、お澄ちゃんといっしょに行かない。京から季節の友禅《ゆうぜん》が届いたって文をもらったの、二人前も四人前もいっしょよ、お佳世さん、気分が変わるわよ」

と内儀は余計なことまで言い出した。

「大坂屋のお内儀様、お心遣いありがとうございます」

お佳世が頭を丁寧に下げた。

その傍らを昇吉が、

「お邪魔しました」

と表に出ていった。

甘味処の隣は、お茶漬けが名物で昼間から酒も呑ませるいずみ屋だ。こちらは間口が四間（約七・三メートル）と、おいちの店よりも広かった。

「昇吉さん、待って」

お澄の声がして振り向くと、竹皮に包んだものを差し出された。

「おばさんが昨日の残りものだけどって、昇吉さんに」

「えっ、なんだい」

「おはぎよ、昇吉さん、甘いもの、きらい」

「おりゃ、まだ酒が呑めないからさ、甘いもんは大好きだ。頂戴していいのか」

「言ったわよ、昨日こしらえた残りだって」

「おかみさんに礼を言っておいてくんな」

昇吉が竹皮包みを受け取った。

「お佳世さんが相手しているのは、両替屋の大坂屋のお内儀さんと娘だよな。お内儀さんはお節介だし、娘はえらくツンとしてねえか」

「うちのお馴染のお客様よ」

「そうか、加賀屋うきよしょうじの常連客か」

「あら、昇吉さん、うちのほんとの屋号を覚えちゃったの。だれも加賀言葉でうきよしょうじなんて呼ばないわよ。浮世小路の料理茶屋、で事が済むもの」

「うきよこうじなら未《ま》だしも、だれもうきよしょうじ、なんて江戸っ子は呼ばないよな」

と応じた昇吉が、

「訊いていいかね」

「なんの話よ」

「うん、うちの若頭はうきよしょうじの馴染だったのか」

「昇吉さんは知らないわよね、燃えてしまったうちの店」

「火消の新米が上がれる料理茶屋じゃねえよ」

「そうね、妹のわたしが見るところ、若頭は姉が好きだと思うわ、燃える前のうちの店にしばしば独りで見えていたもの」

「お佳世さんはどうなんだ。好きなのか、きらいなのか」

「吉五郎さんのこと、姉は大好きだと思うわ」

「そうか、やっぱりそうか」

「昇吉さん、姉が若頭と好き合ってはいけないの」

「そんなこと、これっぽっちも考えてないよ。似合いだよな。夫婦《めおと》になる話は出てなかったのか」

「い組の若頭が独りうちの二階に上がって、お父つぁんとおっ母さんと三人で長いこと話していたことがあったわ」

「で、どうなったえ」

「その夜のことよ、うちが火付けに遭ったのは」

「えっ、そんな話知らないぞ」

「あれ以来、吉五郎さんも姉もこの話をするのを避《さ》けているようね」

「死んだ親御《おやご》さんは乗り気だったのかね」

お澄が甘味処をちらりと振り返り、昇吉に視線を戻すと、

「どちらの方に反対する曰くがあったと思う」

と昇吉に訊いた。

「町火消一番組い組の跡継ぎに浮世小路の加賀屋の惣領《そうりよう》娘《むすめ》だぜ、どちらも遜《そん》色《しよく》ないもんな、反対の曰くはどっちにもないよな」

「ところが火付けに遭ってうちが燃やされて、お父つぁんとおっ母さんが亡くなって、この話は立ち消えになったみたいよ」

昇吉は、お澄と話をして、火付けの一件がふたりの婚礼話の進展を止めていることを知った。

「お澄さん、火付けとこの婚礼話とは、なんぞ関わりあるかね」

こんどはお澄が黙り込む番だった。

「姉は、まさかうちの火事とい組の若頭との婚礼話が立ち消えになっていることに関わりあるなんて考えていないわ。だけど、吉五郎さんがどう考えているかなんて、わたしは知らないわ」

「火事に遭ったとき、お佳世さんとお澄さんは浮世小路のお店にいたんだよね」

「離れがわたしたちの住まいよ。あそこにいたわ、お父つぁんもおっ母さんもね」

「ふたりは、離れ屋で寝ていて炎に気づいたのか、それとも半鐘《はんしょう》の音に目を覚《さ》ましたのか」

「半鐘の音に気づいたのが先ね」

「そのとき、親父さんとおふくろさんは、どこにいなさったかね」

昇吉が問うたとき、甘味処から表にお佳世が姿を見せた。

「この話、またにしようか。お佳世さんがおめえさんを呼びに来たぜ」

とお澄に言いかけた昇吉は、竹皮包みのおはぎを持ち上げて、

「ありがとう」

と礼を述べた。

お佳世がふたりのところにやってきた。

昇吉は粋な遊び人ふうの男が甘味処に入っていくのをちらりと見た。

「大坂屋のお内儀にとっ捉まっちゃったわ。お澄は娘さんふたりと反《そ》りが合わないのよね」

「お姉ちゃんは反りが合うの」

「客商売で反りが合う合わないなんて話はなしよ。それにうちの常連さんよ」

「それは分かっているわよ。でも、他になんか魂胆があるんじゃないの、あのお内儀」

「お澄、魂胆ってなによ。ああ、最前の話かな」

お佳世が言い出した。

「最前の話ってなによ、お姉ちゃん」

「大坂屋のお内儀さん、見合い話を勧めてきたわ」

「店先で見合い話って、大坂屋のお内儀らしいわね。で、お姉ちゃんは断わったんでしょうね」

「うん、見合いどころじゃございません。うちは浮世小路の店の立て直しがなにより先ですってね、そしたら」

「そしたら、あのお内儀さん、引き下がった」

「得たりと身を乗り出してきたのよ。娘ふたりじゃ、あれだけの老舗の再建は無理です、この際、見合いをして、その相手といっしょに話を進めれば、うちだって手伝えるというのよ。さっきの小粋な町人衆が客として入ってきたのでごまかして、裏口からこっちに抜けてきたのよ」

「やっぱり容易く引き下がらなかったのね」

「どうしたもんかね」

首を傾《かし》げたお佳世が昇吉に気づき、

「ああ、この話、絶対に若頭に話さないでよ、昇吉さん。もし喋《しゃべ》ったら、うちへの出入りはもう許さないからね」

と昇吉を睨んだ。

「お姉ちゃん、昇吉さんがそんな真似をすると思って。お姉ちゃんの強い味方なんだからね」

「味方ってどういうことよ」

「それは内緒、ともかくよ、大坂屋のお内儀の話をまともに聞かないでよ」

とお澄が言い、昇吉が訊いた。

「大坂屋のお内儀の勧める相手はだれですか」

「えっ、相手を知りたいの。わたし、訊かなかったな。なんでも日本橋の南詰にある小粋なお店の若旦那だって。わたしがその若旦那に会ったら、とりこになるって」

「おかしかない。大坂屋には、愛想《あいそ》の悪い娘がふたりもいるのよ。なぜ、そっちから話を進めないのよ」

「あら、それもそうね。他人のうちの見合いより、自分ちの娘の見合いが先よね」

「だから、大坂屋のお内儀の話には魂胆があるというの」

そうかな、とお佳世が首を傾げたのをしおに昇吉は、

「仕事に戻ります」

とお茶漬け屋のいずみ屋に入っていった。

この夜、新乗物町《しんのりものちょう》の裏長屋の行灯《あんどん》を、酔っぱらった職人がひっくり返して出火した。

い組では直ぐに出動し、棟割長屋六所帯を焼いて鎮火《ちんか》した。

若頭の吉五郎は、後始末を老練な小頭に頼み、昇吉に、

「ちょっと従え」

と命ずると新乗物町から堀江町《ほりえちよう》河岸、小船町《こぶなちよう》河岸と抜けて伊勢町堀の堀留に足を向けた。そこには加賀屋の屋根船が泊まっていた。

この河岸の近くで起きた火事だ。当然のように料理茶屋の奉公人も、お佳世もお澄も寝間着《ねまき》に半纏《はんてん》をひっかけて火事が消えたばかりの新乗物町の方角を見ていた。

「なんの変わりもござんせんね」

吉五郎が声をかけると姉娘のお佳世が、

「あら、若頭、火事は消えたようね」

「ああ、裏長屋がひと棟焼けたがな、怪我人はございませんでしたよ」

と丁寧な口調で応じた。

「こちらも変わりはないわ」

「なによりです、お佳世さん」

と言う吉五郎に、お佳世が昇吉を見た。

「新米さんも出張ったのね」

「へえ、ご一統さんの邪魔にならねえように、長屋の住人を近くの杉森稲荷社《すぎもりいなりしや》の建物に逃れさせておりました」

「あら、新米さんは纏を持って屋根に上がらないの」

「お佳世さん、こちらのお屋敷とは違います。棟割長屋では上がろうにも板屋根が半分燃えかけておりましてね、うちの纏持の兄さんも手持ちぶさたで長屋の木戸口に控えておいででした」

「そうか、火事はそのくらいがいいわね。いえ、災難に遭った店子《たなこ》さん方には気の毒だけど」

と言うお佳世に、

「変わりはござんせんね。皆さんもお休みなせえ。わっしらも本石町の鐘撞堂《かねつきどう》のそばに帰りまさあ」

と言い残して吉五郎が浮世小路に向かっていった。

昇吉はお澄に向かって、

「お澄さん、またね」

と声を残して、先を行く若頭に急いで従った。

「おめえ、あの姉妹と仲良くなったようだな」

「へえ、甘味処に聞き込みに行きましたんで、話す機会が増えました」

「半年前の火事についてなにか話したか」

吉五郎の改めての問いに間を置いた昇吉が、

「火付けに遭った日の宵、若頭がうきよしょうじの二階座敷で亡くなった主夫婦と話し込まれていたそうで、妹のお澄さんから教えられてびっくりしました」

「おれと、加賀屋の親御が話し合った曰くを妹は承知だったか」

「推量ですがね、察しておられました」

「その推量、昇吉、おまえはどう判断した」

「お三方の話し合いと火付けとは関わりがあるような気がしました」

「あの宵、おれの親父も同席するはずだったが、風邪気味でな、客商売の主夫婦に移してもいけないってんで、おれだけが主夫婦と話し合いを持ったのよ。そのせいかね、おりゃ、話し合いを七兵衛さんに断わられて腹立ちまぎれに火付けをした下手人ではと一時は疑われたぜ」

と苦笑いした。

「若頭とお佳世さんは似合いの夫婦になりますぜ。その若頭がなぜ火付けをしなきゃあなりませんかえ。火消はだれよりも火付けを憎《にく》く思っていませんかえ。集いと火付けがひと晩で起こったのには別の曰くがなければなりませんや」

「昇吉、十七だったな。それだけ考えられる火消はなかなかいねえや。で、どうすればいいと思うな」

吉五郎が魂胆がありそうな顔で昇吉を見た。

「火付けにとって半年前の火事は、未だ続いているんじゃありませんかえ」

「ほう、火付けはまだ仕掛けてくると思うか」

「でなきぁ、訝しいですよ」

「火付けの狙いはなんだな」

「加賀屋うきよしょうじの身代《しんしょう》と娘のお佳世さんではございませんかえ」

長いこと沈思していた若頭が、

「昇吉、しばらくい組から離れねえか」

と唐突《とうとつ》に話を変えた。

「若頭、辞めろってことですかえ」

「昇吉らしくもねえ問いだな。離れろと言ったぜ。ここに銭がいくらかあらあ。好きなように使ってよ、素人《しろうと》御用聞きを務めてみねえか」

「本石町の屋敷にもおれの実家の長屋にも立ち寄るなってことですかえ」

「そうよ」

昇吉は五、六両ほど入っていそうな財布を受け取った。

「ということは、ここでお別れですね」

「おお、そうだ。ひとつ、言っておくことがある。昨日だか一昨日だか、おめえは掏摸をとっ捕まえて、早耳の読売屋の目に留まったな」

「へえ、それがなにか」

「こんどはよ、同じ読売から、叩かれることになるかもしれないぜ。覚悟をしねえ」

昇吉はその場に佇《たたず》んでしばらく考えた。

どうやら若頭は、すべてを呑み込んで火事場から昇吉を連れ出し、ふたりの姉妹に会わせたあと、この役目を命じたということだ。

手の財布が重いのか軽いのか昇吉には分からなくなった。だが、やり遂げるしかい組に戻る途《みち》はない、それにあの姉妹にも合わせる顔がない。

「若頭、めいります」

と言い残した昇吉は本町通りに向かってさっさと歩き出した。

四

昇吉の育った裏長屋に住まいするふたつ年上の達二《たつじ》が神田堀に浮かんでいた小舟を見つけた。

四年か五年前のことだ。三月《みつき》ほどして達二と忠助《ちゅうすけ》と昇吉の三人で竈《へっつい》河岸に引っ張ってきて修繕をした。

小舟は長さ四間ちょっと、舟幅は三尺五寸（約一メートル六センチ）ほどで平《ひら》底舟《ぞこぶね》とか高瀬舟《たかせぶね》と呼ばれるものだ。達二の親父は大工で、達二が頭分になって修繕すると見違えるようになった。

昇吉たちは小舟を三人の隠れ家にしようと話し合って小舟に少々の雨雪くらいしのげるように苫葺《とまぶ》きの屋根を掛けた。そうすると、三人が泊まれるくらいの舟に生まれ変わった。そんな小舟に富沢町《とみざわちょう》の古着屋で安く買った綿入《わたい》れを持ち込むと、寝泊まりできる、

「隠れ舟」

になった。その小舟で、三人で大川に出たこともあった。

達二が親父の下で働くようになり、忠助と昇吉が隠れ舟の世話を引き継いだ。

そんな小舟が、代々昇吉たち裏長屋の男子《おのこ》の持物として受け継がれて竈河岸に舫《もや》われていた。

昇吉は若頭に秘密の御用を願われたとき、直ぐにこの隠れ舟に寝泊まりしようと考えた。なにしろ浮世小路からさほど遠くない。

竈河岸には、昔から二八《にはち》そば屋が夜半まで出ている。昇吉は店仕舞いをしようとする父つぁんに二八そばを頼んだ。

「おや、昇吉、こんな刻限になんだえ。おめえ、い組の火消になったんだよな」

父つぁんとしか知らないそば屋が昇吉に質した。

「おお、い組の火消になったがよ、若頭に命じられて格別の仕事を頼まれたのよ。この界隈にいたほうがいいんでよ、隠れ舟を使うぜ。うちの長屋の連中が小舟がないと言ったらよ、おれがしばらく使うって言ってくれないか」

「あいよ。おめえたち三人がその小舟を修繕したころのように、いまの餓鬼《がき》は小舟に寝泊まりなんてしないぜ」

と言いながらそばを作ってくれた。

昇吉は若頭から預かった財布から銭を出すと先に支払いを済ませた。それで急いでそばを啜り込むと、久しぶりの隠れ舟に潜《もぐ》り込んだ。

綿入れを手探りで探し、平底に畳から剥《は》がした古ござを敷いた上にごろりと横になった。

竈河岸でも小舟を泊めた辺りはまず人が寄りつかない場所だ。とはいえ、昇吉の姿を捜す者がいれば最初に目をつけるのが「隠し舟」だ。

朝までぐっすりと寝込んだ昇吉は、夜明けの光の差し具合で刻限を七つ半（午前五時）時分と見当をつけ、小舟の様子を確かめた。このところだれも使ってない様子だが、胴ノ間《どうのま》に水が溜まっている気配もなく、櫓《ろ》も竹棹《たけざお》もあった。

（久しぶりに櫓を使ってみるか）

昇吉は浜町堀から大川にいったん出て、日本橋川から新材木町《しんざいもくちょう》の堀留川に小舟を入れた。思案橋《しあんばし》、親仁橋《おやじばし》と潜《くぐ》り、堀留に近い万橋《よろずばし》の下で小舟を泊める。

浮世小路のある伊勢町堀の東側だ。この万橋下に小舟を舫い、浮世小路を見張る拠点としようと考えた。

（さてどうしたものか）

火付けが仕掛けてくるとしたら夜だろう。

いちばんいいのは小舟を伊勢町堀の堀留に舫うことだが、火付けが目をつけているうえに、加賀屋うきよしょうじの屋根船が泊まっていた。そんなわけで一本東の堀の万橋下に舫ったのだ。

昼間はどうするか。

なにしろ火消は、多くが鳶を兼ねている。

昇吉の兄さん連には、自身番屋詰めもいたし、普請場で足場の上を飛び歩いているのもいた。

一方、昇吉は、い組の新米火消にして鳶の見習だ。

火消い組の名入りのお仕着せの長半纏に股引《ももひき》姿だ。本町通りに昼間姿を見せると、たちまち兄い連にとっ捉まるだろう。

(い組の長半纏で若頭の陰御用を務めるのはまずいよな)

昇吉は、さし当たって長半纏を裏返しにして、手拭《てぬぐ》いで顔を見られないように頬被《ほおかぶ》りをして、小舟にあった破れ笠を被ってみた。

ふと思いついた。

姉娘のお佳世を嫁に欲しいという日本橋南詰の老舗なんたらの若旦那ってだれだろう。お佳世は知らないようだったが、甘味処のおいちは承知かもしれぬ。しかし新米火消のおれがおいちにあれこれと訊くのは訝しく思われると思った。

妹娘のお澄に相談するか、と思った。だが、あの姉妹はいつもいっしょだ。独りのところを気長に狙うか、どうしたものか。

万橋から浜町堀に向かって進むと古着屋が何百軒と軒《のき》を並べる富沢町にぶつかる。

その途中にある昨晩、火事にあった裏長屋の連中の避難所に願った杉森稲荷を横目に顔を下向きにして急ぎ足で行くと、

「おい、昇公、なんて形《なり》をしてやがる」

と声がかかった。

(まずい、達兄いだ)

と思ったが道具箱を担いだ達兄いこと、達二が、

「おめえ、い組の長半纏を裏に返して着てやがるな。い組をしくじったか」

「達兄い、ちょいとよ、曰くがあるんだよ」

「曰くがなきゃあ、頬被りなんてしねえよな」

達二はすっかり大工になり切って道具箱を担いでいた。

「達兄いの普請場はどこだえ」

「なに、い組から鞍替えしてえか」

「だから、事情があるんだよ。普請場はどこだ」

「名主のよ、喜多村彦右衛門《きたむらひこえもん》さんの屋敷のよ、別棟の造作《ぞうさく》よ」

「名主の喜多村の旦那の屋敷は浮世小路に接してねえか、大した普請場だな」

町奉行所の支配下で市井《しせい》を管掌する樽屋《たるや》、喜多村、奈良屋《ならや》の三家は、名主とか町年寄と呼ばれ、本町界隈に屋敷があった。

「接するもなにも浮世小路の北側が名主の敷地だ」

「達兄い、親父さんもいっしょか」

「親父は、棟梁といっしょによ、魚河岸の旦那のよ、別邸の普請場だ」

「まさか、達兄い、ひとりで名主の普請場を任されているわけはねえよな」

「おお、おれ独りで普請場に入っているのよ」

と胸を張った達二が、

「名主の屋敷と言ったって母屋とか、離れ屋じゃねえや。別棟と言ったがよ、味噌蔵の棚造りよ」

と達二が照れたように言った。

しばらく考えた昇吉が、

「達兄い、おれをしばらく下働きで雇ってくれないか」

と幼馴染に願った。

「なんだ、てめえ、銭が稼ぎてえのか」

「若頭の御用と言ったぜ。銭は若頭から預かっているからよ、困ってねえよ」

「昇吉、名主さんの屋敷に迷惑かけることはねえよな」

「それはねえよ」

「若頭の御用ってなんだ」

「うーむ、そいつを言わなきゃダメか」

「おお、おりゃ、棟梁と親父に断わりもなしでおまえを下働きに使うんだ。曰くを知らなきゃやっぱりダメだな」

「達兄い、おれたち、あの隠れ舟仲間だよな、おれが話したことを決してだれにも喋らないと誓《ちか》えるか」

「おお、おめえが肚《はら》を割るというんなら、棟梁だろうが親父だろうが話さないぜ」

昇吉は話し出した。

「半年前よ、浮世小路加賀屋が火付けに遭って燃えちまったな。まだ、火付けの下手人は捕まってねえ、それに茶屋は新築できねえでさ、あのままだ」

「おお、いかにも焼けたまんまだな。親父はよ、うきよしょうじを建て直すならば、うちに声がかかるはずだがな、と首を捻っていたぜ」

「ああ、そうだろうな。達兄いの棟梁はこの界隈の普請ならば、どこからでもお呼びがかかって不思議はねえよな。あれにはどうもわけがあってな、あのままにしているらしいんだ。火付けがよ、未だうきよしょうじに狙いをつけている風なんだよ」

「そんな曰くがあるのか。で、おめえの役目はなんだ」

「おうさ、あの加賀屋七兵衛さんとお香さん夫婦は、あの火事で焼け死んだがよ、姉と妹は、火傷《やけど》ひとつしないで、生き残ったよな、あの姉妹をさ、火付けが狙っている節《ふし》があるからとよ、若頭にふたりを見張るように頼まれたんだよ」

昇吉は、真の話に虚言《きよげん》を交えて達二に告げた。

「へえ、そりゃ、うちの棟梁のところに新しい普請話は来ないわけだよな。いいだろう、おれの下働きをさせてやろう。でもよ、おまえの形はいただけないな。なにしろい組の長半纏だ」

「だからさ、おりゃ、富沢町の古着屋でよ、なんぞ誂《あつら》えるつもりなんだよ」

「おお、ならばよ、見習大工らしいのは、富沢町のぼろぼろ屋に行きな、新入りの見習の形ならばよ、百文もあれば揃えてくれるぜ」

「よし、これからぼろぼろ屋に行ってこよう。だけど、達兄い、名主さんの屋敷はどうやって入るんだ。本町通りの表口からってことはねえよな」

「職人は棟梁だろうとなんだろうと表口は使えねえよ。浮世河岸の堀留の脇に狭い路地が抜けているのを、おめえ承知だな」

「ああ、あの犬猫《いぬねこ》小路に町名主の屋敷への出入り口があったか」

「三間（約五・五メートル）ほど入った左手に職人らの出入り口があらあ。よく見ねえと通り過ぎるぞ。おれが入ったらさ、心張棒《しんばりぼう》をかわないでおくからさ、潜ってきな。味噌蔵は、浮世小路の入り口近くにあらあ、直ぐに分かる」

と言われた昇吉は富沢町へと走っていった。

四半刻《しはんとき》（三十分）後、犬猫しか通らないというので犬猫小路と呼ばれる路地に設けられた職人の出入り口から、昇吉は、名主喜多村彦右衛門家の敷地に入り込んだ。形はすっかり叩き大工の見習弟子だ。

「おお、来たか。おれの普請場はここよ」

と古びた土蔵造りの蔵が達二の普請場だった。

「昇吉、その布包みはなんだ」

「い組の名入り長半纏に腹掛《はらが》け、股引に鳶口なんぞが入っていらあ。この形は、達兄いの棟梁の名を出したら六十文で誂えてくれたぞ。しかし、着込んだやつとみえて、すうって風が抜けていくぜ」

「新入りの下働きの形はそんなもんだ。昇公、おめえ、一応鋸《のこぎり》なんぞの使い方は承知していたな」

「ああ、破《や》れ舟に手を入れておれたちの塒《ねぐら》にしたもんな。あれで大工道具の扱いは一応覚えたたな」

と言った昇吉は、

「ああ、思い出した。昨夜からさ、あの小舟、おれが借りて塒にしているぜ。いまは竈河岸から新材木町河岸の万橋下に移してあらあ」

「なに、この御用、本気か」

「おお、吉五郎若頭も本気の御用だぜ」

そうか、と応じた達二が考え込んだ。

味噌蔵と称する蔵は、雑然とした道具置場で二階まであった。昇吉は、さすがに町名主の屋敷だと思った。

「達兄い、二階に上がっていいか。外が見えるといいな」

「二階は風抜きの穴しかないぞ。屋根に上がれば、大通りが見えないことはないぜ。そうだ、料理茶屋の姉と妹、おめえ、知り合いか」

「おお、一応口は利《き》くような間柄だ。なにしろ半年前の火事の折りにあれこれと跡片づけまで手伝ったからよ」

「そうか、姉も妹も美形だよな。おりゃ、妹でいい」

「あのな、達兄い、ただの姉妹じゃねえぜ。浮世小路の老舗の加賀屋でよ、公儀《こうぎ》が江戸に開かれたころさ、先祖が加賀の金沢から出てきて、浮世小路なんて名がなかったころから、この界隈に住んで小商いをしていたそうだぜ。屋号のうきよしょうじというのも、加賀の訛りと聞いたな。大きな料理茶屋になったのは、二代目だか三代目のときらしいや」

「それがどうしたえ、昇公」

「しっかりしねえ、達兄い。兄いは、大工ったたって、味噌蔵の棚造りを任される程度の、まあ、叩き大工だな。おれも、い組とはいえ、五百人からいる火消のいちばん下だぞ。相手は大店の娘ときた、達兄いになど声だってかけてくれないぜ」

「昇吉、おめえは、姉とも妹とも話したんだな」

「まあな」

「ならば、おれだって、うきよしょうじが建て直す折りに仲良くなることだってありそうだ。違うか」

「まだ建前の注文も棟梁のとこに来てねえんだろ。達兄い、だいぶ先の話になるな」

と昇吉が言い、

「この蔵の二階屋根に上がるにはどうすればいい」

「上がってもさ、焼けた料理茶屋の跡地しか見えないぜ、つまらないや。いや、伊勢町堀に舫われた屋根船が見えたかな」

と達二の言葉は曖昧だった。

「達兄い、この刻限ならばさ、お佳世さんもお澄さんも甘味処に手伝いに行っていようじゃないか。この蔵の二階屋根からさ、表の往来は見えないか」

「見えるかもしれねえな。なにしろ町名主の母屋は平屋だから、火の見台は置かれなかった。そのかわり、この味噌蔵に火の見台があるそうだ」

「おお、そりゃ、いいな」

「こっちに来な」

喜多村家と浮世小路は敷地が接していたが、町名主の敷地の中に建つ土蔵の味噌蔵の東側に梯子段が設けられていた。

「だいぶ梯子段の手入れがされてねえな」

「おれが二日前に上がったときは大丈夫だったな。風抜きの穴を確かめたんだ。その折り、屋根に上がっていれば、大通りが見えたか見えないか分かったんだがな」

と言いながら、達二は身軽に梯子段を上がると、屋根に腹ばいになって姿が消えた。

昇吉も続いた。達二より昇吉のほうが体つきは大きかった。それだけに慎重に蔵の二階屋根に上がった。

町名主の味噌蔵の二階屋根に火の見台があるなんて、若頭も知らないんじゃないかと屋根に立ち上がろうとすると、達二が、

「昇吉、でけえ体で立つんじゃないよ。火の見台に上がる許しなんてだれからももらってないからよ」

との注意に、昇吉は慌てて屋根に這いつくばって火の見台を見た。

数日前に上がった上総屋の火の見台より高さは低かったが、造りはしっかりとしていた。

「火の見台に上っちゃならねえぞ、名主の許しを得てねえからよ」

と達二が繰り返した。

「達兄い、屋根によ、やもりみてえにへばりついていてもしようがないぜ。名主のような大きな屋敷ではだれがなにを言ったか、なんて分からないものなんだよ。だれぞから尋ねられたら、火の見台の点検ですと答えればいいんだよ」

「昇公、おまえ、頭がいいな。そうだよ、おりゃ、味噌蔵の造作をしている大工だ、火の見台の手入れをしてもいいよな」

「それでおれはい組の火消だ。これで文句はあるめえ」

「いや、あるぞ。おめえはいまはい組の火消じゃねえよ。おれの弟弟子だ」

「そうか、おりゃ、あまり威張《いば》って町名主の味噌蔵の屋根には上がれないか」

と言い合った達二と昇吉は、ともかく火の見台に上がった。

「おお、甘味処が見えたぜ。お佳世さんもお澄さんも働いていらあ」

「お仕着せも似合うな。おりゃ、やっぱり妹でいいや」

と達二が言い、

「あれだけの料理茶屋の普請ともなると、何年がかりか」

「頭がいいと思ったがそうでもねえな。間違いなくあの姉と妹の料理茶屋はよ、木場《きば》に燃える前の普請と同じ木組みの材木が建具を含めて用意してあるぜ。普通だったら燃えた浮世小路に新しい料理茶屋がすでに出来上がっていておかしくないぜ」

と達二が言った。

「やっぱりおかしいな」

「あの姉妹の別邸は、川向こうにあるんだよな。沽券《こけん》や稼ぎ貯めた金子の半分は、別邸にあるな。火付けの夜、浮世小路の隠し金や書付を火付けに奪われたとしても、半分の身代は残っていよう」

と達二が言った。

「浮世小路の金は、火付けが奪い取っていったんだろうか。もしかしたら火付けはまだ残っている半分の金子や沽券を狙っているのかもな」

「そうか、昇吉の御用は、そいつに絡《から》んでのことか」

「まあな」

「だがよ、そいつは町奉行所か火付盗賊改の縄張りだぞ、いくら町火消一番組い組といっても、手出しするのはおかしくないか」

「ううーん、そうだな。おりゃ、あの姉と妹がさ、お父つぁんやおっ母さんのように身罷るような騒ぎを二度と繰り返したくないのさ、それで請け合っただけなんだよ」

ふたりは黙り込んで甘味処で働く姉妹に目をやった。

すると、一昨日、日本橋の上で話しかけられた読売屋の新三郎が姿を見せて、姉娘のお佳世に読売を一枚渡した。

「そうだ、忘れていた。昇吉、一昨日、掏摸をとっ捕まえて読売に載ったそうだな」

「とっ捕まえたんじゃねえよ。橋上から金子を抜いた財布を流れに落とそうとしていた掏摸の手を鳶口で押さえただけなんだよ」

ふーんと答えた達二が、

「あの読売屋、えらく熱心に姉娘を口説《くど》いてないか。それにしても昇公、一昨日に続いて今日もおまえの手柄がまた読売になったか」

「あの程度の話でさ、二番煎《せん》じはなかろうじゃないか」

と応じながら読売に叩かれることになるかもしれないという若頭の言葉を思い

出していた。

「おれたち、そろそろ仕事をしなきゃあ、親父に見つかるとどやされるぞ」

と達二が言い、ふたりは味噌蔵の屋根から下りていった。

第二章　鼻緒のあかべい

一

お佳世とお澄は茫然《ぼうぜん》としていた。

姉娘の手には一枚の読売があった。ちらりと視線を読売に落としたお佳世がなにか言いかけて黙り込んだ。

「お姉ちゃん、なに考えているの。昇吉さんがこんなことをするはずないでしょう。一昨日は掏摸の行いを許せないと怒っていた人よ。それが急になによ」

妹娘が姉に言い放った。

「でも新三郎さんが読売に書いたのよ」

「ああ、そうね。だから、おばさんに断わって会いに行こうよ」

「会いにって、だれによ、お澄」

「若頭の吉五郎さんによ」

「吉五郎さんに」

お佳世がなんとも複雑な顔を見せた。

「おねえちゃん、読売屋の新三郎さんだって間違いはあるわよ。ここはい組の若頭に訊くのがいちばんよ。本石町の鐘撞堂に行くわよ」

お澄が、

「おばさん、お姉ちゃんとちょっとだけ出てくるね。直ぐに帰ってくるから」

と表から断わると町火消一番組い組の屋敷を訪ねることにした。

道々お佳世は黙り込んでいた。いつも気丈《きじょう》に振るまい、お喋りな姉がどうしていいのか分からないのか、沈み込んでいた。

「お姉ちゃん、初めて昇吉さんに会った折りのことを思い出しなさいよ、わたしたちの命を助けてくれたのよ」

「思い出さなくても覚えているわよ」

「ならば、若頭に会えばすぐに事が済むわよ」

妹の言葉になにか応じかけた姉は、やはり黙り込んで歩いていた。

新三郎の読売には、たしかに昇吉の名は記されていなかった。だが、町火消のい組の火消にしてつい先日、日本橋の上で手柄を立てたばかりの若い衆が、なんとあの掏摸の仲間だと書いてあった。そのうえで分け前を巡って仲間割れしたとも、記されてあったのだ。

「い組の町火消の昇吉さんが掏摸仲間だなんておかしいわよ」

「だけど、読売屋が、いい加減なことでこんな決めつけたような記事《はなし》がかけるの。い組の名を出したってことは、い組だってこのことを承知しているってことじゃない、お澄」

お佳世が自分の考えを告げた。

「だから、若頭に会えば事が済むと言っているのよ」

姉妹はいつの間にか、町火消一番組い組の組屋敷の門前に着いていた。五百人からの町火消が暮らすのだ、大家といってよかった。

門前で姉妹は躊躇《ちゅうちょ》した。あれだけ強気だったお澄も、い組の門構えと男ばかりが集う雰囲気に脅《おび》えたように迷った。

「お澄、入りましょう」

最後は姉が決断したように妹の手を引き、門を潜った。

鳶の衆が何人も道具の手入れをしていた。

男ばかりがうろうろするい組に浮世小路の美形の姉妹が訪ねてきたのだ。男衆が道具の手入れの手を止めてふたりを見た。

「てめえら、遊んでいるんじゃねえぞ、しっかりと道具の手入れをしねえか」

叱りの言葉を発したのは若頭の吉五郎だった。

「若頭」

道具の手入れをしていたひとりが若頭に顎を振って訪問者のふたりを教えた。

「なんだ、竹松《たけまつ》」

と応じた吉五郎が顔を姉妹に向けた。

「おお、お佳世さんにお澄ちゃんか」

吉五郎は直ぐに姉妹の訪《おとな》いの曰くを察したように、

「いいか、おめえら、道具の手入れをしっかりとしねえ。竹松、おめえが年長なんだ、しっかりと手本を見せねえ」

と注意して、

「おふたりさん、こっちに来ねえな」

と出入り口の傍らの枝折戸から奥に連れていった。そこは一番組い組の五代目総頭の住まいと思えた。

「お佳世さんもうちに来るのは初めてだな」

吉五郎が足を止めて姉妹を改めて振り返った。

こくり、と頷いたお佳世に代わって、

「若頭、お尋ねしたいことがあってこちらに参りました」

と、お澄が切り口上で言った。

頷いた吉五郎が、

「読売の一件だな」

「はい、読売屋の新三郎さんがわたしたちに読売を一枚くれました。あの読売の記事は、真のことではないですよね。まさか昇吉さんのことではないですよね」

「新三郎に尋ねなかったか」

「わたしたち、記事を読んでびっくりして、なにがなんだか分からないうちに新三郎さんは、いなくなっていました」

と妹が応じて、

「若頭は読売屋にあの記事を載せることを許したのですか」

と念押しした。

「ああ、読売屋の新三郎のところに掏摸と昇吉が仲間だという垂れ込みがあったそうな。うちの昇吉にかぎってそんなことはねえ、とおれも頑張ってな、読売にするのはしばらく待ってくれと願ったんだ。その上で昇吉を捜したんだが、組屋敷にも戻ってこねえし、あいつの立ち寄りそうなところをすべて回ったんだが、当人がいないんだ。

お澄ちゃん、町火消の行方《ゆきがた》知れずなんて、これだけで妙ちきりんなことなんだよ。

おれたち、ジャンと火の見櫓の半鐘が鳴ったら、どんなことがあろうと火事場に飛び出していくのが務めだ。それがい組には姿が見えねえ、どこを捜してもいねえ。こいつはどうしたことかと、親父に相談しようと迷っているうちに読売屋の新三郎さんが、おれの前にまた立ってよ、『どうでした、昇吉さんと連絡《つなぎ》が取れましたか』と催促《さいそく》されてな。

新三郎さんによ、読売は、早さがなにより大事、名を書かずに出すのを許してくれと、拝み倒されてな、その読売になったんだ」

吉五郎がお澄の手に持つ読売を見た。

「そんな話はないわ、若頭」

お澄が吉五郎を睨んだ。

「だっておかしいわ、わたしたち、昇吉さんを半年前、うちの店と住まいが焼けたときから承知よ。炎の中に飛び込んできて、わたしたちを助けてくれたのよ。そんな人が掏摸の仲間だなんてありえない」

お澄の口調は険《けわ》しかった。

「お澄、若頭になんて口を利くの」

お佳世が妹に注意した。

「だって、お姉ちゃん、あの昇吉さんが掏摸仲間だなんておかしかない。読売屋の新三郎さんはたしかな証しがあって昇吉さんのことを書いたのかしら。妙よ、おかしいわ、そう思いません、若頭」

ふだんのお澄とは違って雄弁《ゆうべん》だった。

「お澄ちゃん、おれの知る昇吉ならば、読売が売り出されてよ、あいつがだれぞから教えられたとしたら、真っ先におれのところに面《つら》を出すはずと、いらいらしながら待っているのよ。ところが、最前も言ったがよ、あいつの行方が知れねえときた。い組に戻ってもこねえ、おめえの知る昇吉の動きとしてはおかしいと思わないか」

吉五郎がお澄の考えを質した。

「おかしいと思うわ、だから、だれかに捉まっているとか、なにかが起こっているのよ、そう思わない、若頭」

吉五郎は、お佳世から詰問《きつもん》されるかと思ったが、妹のお澄からきつい問いが繰り返されるとは想像もしなかった。

ふたりには真相を告げようかと思ったが、ここは我慢のしどころと必死に耐えた。

「親父からどうなっているんだと、問い質されてもいる。ともかく、この一件はおかしいところだらけよ」

と吉五郎が言い訳した。

だが、お澄は追及をやめなかった。反対にふだん強気の姉娘のお佳世は妹の言動におろおろしていた。

「若頭は、本気で昇吉さんが掏摸仲間で、お金の分け前を巡ってこんなことになったと信じているんですか」

「お澄ちゃん、信じてはいねえさ。だがよ、最前から繰り返すがあいつがおれの前に姿を見せないことがなんとも訝しいんだ、そうは思わねえか。この一件な、おれに少し時間《とき》をくれねえか。たのむ、お佳世さん、お澄ちゃんよ、もうしばらく様子を見てくれないか」

と懇願するしかなかった。

この言葉にお佳世が頷いたが、お澄は得心していなかった。

「お澄、若頭もこう申されているのよ。なにも事情を知らないわたしたちがやいのやいの言ったら、却《かえ》ってややこしいことにならない」

「お姉ちゃん」

と言ったお澄は、不意に黙り込んだ。

妹はかんかんに怒っていた。そして、迷ってもいた。

「お澄ちゃん、すまねえ、おれも気が気じゃねえんだ。ともかくおれたちの前に昇吉が姿を見せて、『そんなばかな』とひとこと言ってくれれば、読売屋に訂正の読売を書かせることができらあ。だがよ、最前から言うとおり、おれもなんとも身動きがとれねえ」

吉五郎が困惑の顔で姉妹を見た。

名主の味噌蔵の棚造りを任された大工の達二は、昇吉がそれなりに鋸も鉋《かんな》も

使えるのを確かめると仕事を昇吉に託《たく》して、

「おい、小腹が空かねえか、おれがよ、あの姉妹の働いている甘味処でよ、なんぞ甘いものを買ってくるからよ。ちょっとの間、独りで仕事をしていてくれないか。なあにほんの一時だ」

と言った。

「ちょっと待った。あの姉妹に会ってよ、おれが兄いのところで手伝いをしているなんて決して言わないでくんな」

「おお、そんなことは言わないぜ」

と約束した達二が犬猫小路から浮世小路に出ていった。が、直ぐに戻ってきた。そして、一枚の読売を突き出し、

「昇吉、おめえ、字が読めたな。こいつにおめえらしい男のことが載っているって話だ。読んでみねえ」

と達二が命じた。

「えっ、おれがまた読売にかよ。この読売、買ったのか」

「字が読めねえおれが読売をなんで買うんだよ。もらったんだよ、あの浮世小路の美形の妹に会ってよ。あなたにあげると言われてよ、もらったんだ。おれが字

を読めないのを知らないからよ、そんで、甘いものを買い損《そこ》ねちゃったぞ」

「えっ、達兄い、おれのことを話さなかったよな」

「心配するねえ、おりゃ、一言も喋らねえよ。けどよ、あの姉と妹、おめえのことをえらく案じているか、怒っている様子だったな。い組の若頭に会いに行ってきたんだと」

「なに、あの姉と妹がなんで若頭に会うんだよ」

「だからさ、この読売になんぞおまえのことが書いてあるんじゃないか。昇吉はないと言ったが、掏摸の一件の二番煎じだな」

達二が昇吉に四つに折られた読売を握らせた。

昇吉は、達二の前でどうしたものかと迷っていた。

「どうしたよ、おめえの名が出ているかもしれねえ読売だぞ。この界隈で昇吉、名が知られたな」

と言いながら読売を読んで聞かせろと達二が催促した。

若頭の昨日、別れた折りの言葉が気になっていた。達二が想像するようないい話でないことはたしかだ。が、目の前に達二が頑張っていた。

もはや致し方ない。昇吉は新三郎の読売を拡げた。

「い組の火消と日本橋上で捕まった掏摸のうの字は、仲間か」

いきなり目に入った文字に昇吉は言葉を失った。

「どうしたよ、昇吉」

「ま、待ってくれ。長い話じゃないよ、最後まで読んで説明するからよ」

と言った昇吉は急ぎ新三郎の書いた記事を最後まで読んで茫然自失した。

「どうしたよ、おめえ、読み書きできると言ったが、読売に書いてあることが分からないのか」

「……そうじゃないよ。達兄い、おれは、おれが捕まえた掏摸の仲間だと書いてあらあ。おれがこの前、あいつを捕まえたのは、分け前を巡った仲間割れでよ、おれがあいつを御用聞きに売ったと書いてあらあ」

「なんだと、おまえの名がこんどは読売でよ、掏摸仲間と書いてあるのか」

「おれの名は出てないが、この前の読売を読んだ者には、直ぐ分かるような書きっぷりだな」

「なんてこった。昇吉、おまえ、掏摸仲間だったのか」

と達二が恐ろし気な顔で昇吉を見た。

「これにはちょいと曰くがあるんだよ。掏摸なんて野郎とおれが朋輩《ダチ》になると思うか」

「おい、おめえ、甘いものを買うのに立派な財布から銭をおれにくれたよな、ありゃ、掏摸の真似ごとで手に入れた財布と金子か」

「ち、違うよ、達兄い、ありゃ、若頭から預かった金子だよ」

「おめえ、火消の給金の他に若頭から財布ごと預かる御用をしているのか」

「兄い、おれの仕事は火消と鳶見習だ。他に御用はねえよ」

「おめえ、い組に入る折りによ、しっかりと調べられたよな」

達二は未だ昇吉を信用していないのか、重ねて尋ねた。

「おお、しっかりとな、親が何者か、朋輩はだれか、大工の達兄いもい組では承知だよ、おれの朋輩としてな。おりゃ、裏長屋の貧乏人の倅だが、真っ当な生き方をしているってんで、い組に入ったのだぞ。掏摸仲間とつるんでいる暇があるか」

「まあ、ねえよな」

と応じた達二がしばらく考え込み、

「昇吉、どうしてこんな風に読売に書かれたか、分からないか」

「分からないことはない」

「どういうことだ」

「そいつを喋るといよいよ厄介《やっかい》になる。この話はな、若頭も読売屋の新三郎さんも承知でやっていることだな」

「町火消の若頭と読売屋が手を組んでよ、昇公、おめえみてえな新米の火消を読売でよ、褒めてみたり、貶《けな》してみたりして書き立てて、なにが起こるのよ」

「これから先は達兄いにも言えねえや。しばらく日にちがかかるかもしれねえな。いつの日か、きっと達兄いを得心させてみせるぜ」

長いこと考えていた達二が、

「おれとおめえは貧乏長屋で育った幼馴染だな、掏摸仲間なんかじゃないことは、信じるぜ。だが、なぜこんな話になったのか、さっぱり分からねえ」

「達兄いに頼みがある」

「なんだ」

「おれはもはや達兄いの大工の手伝いはできないや。世間にさ、誤解とはいえ書き立てられたおれが名主さんの味噌蔵の棚造りをしたなんて知られたくねえ。いや、おれはどうでもいいが、達兄い、おまえさんや、親父さん、棟梁に迷惑がかかる話だぞ。作り話とはいえ、掏摸仲間を町名主の喜多村家に入れたとなったら、厄介だぜ」

「おお、そうだったな、怒鳴られるなんてことではすまねえな。親父にも棟梁にも知られたくないな」

「おれはそっとここから消える。ひとつ頼みというのは、隠し舟を新材木町河岸の万橋に舫ったと言ったな、そのことを達兄い、忘れてくれないか。この話の真相を知るためによ、おれのこの数日の塒がどこかを絶対に世間に知られたくないんだ」

「いいだろう。昇吉、おまえもこの名主の喜多村様の屋敷に立ち入ったことはねえよな」

「ちょっとの間だって、味噌蔵に立ち入ったことはないよ」

昇吉は手拭いで頬被りをすると破れ笠を被って顔を隠した。

「よし、おれが裏戸まで送るぜ、おれとおまえは、何年も会ったことはねえ」

「おお、達兄いが大工で名主さんの味噌蔵の棚造りをしているなんて、おりゃ、知らないぞ」

と言い合った。そして、名主屋敷の裏戸から昇吉が犬猫小路に出ていき、そこで別れた。

達二は昇吉が名主屋敷の味噌蔵から出ていき、ほっとした。

幼馴染というのでうっかりと仕事先に昇吉を入れてしまった。いや、昇吉でなければ、達二とて許しはしなかったろう。それにしても昇吉は、厄介ごとに巻き込まれているようだ。そんなことを考えながら七つ半（午後五時）時分に仕事をやめた。

達二はふと思いついた。

昇吉が話した謎めいた一件は、浮世小路の加賀屋うきよしょうじの火付けと主夫婦の焼死に関してのことだ。

（そうか、昇吉が巻き込まれている一件は、あの美形の姉妹の店の火付けに絡んでいるのか）

達二は、帰り道に甘味処に立ち寄ってみようかと思った。あの姉妹も、なにか昇吉が巻き込まれた一件について承知しているような気がした。

達二が本町通りに出ると、最前会ったばかりの姉妹の妹のほうがいて、

「あら、達二さんよね。最前の読売、どうしたの」

と質した。

「お澄さんよ、おりゃ、読み書きができねえからよ、道具箱に入れたまま普請場

に置いてきちまった。返さなきゃダメだったのか」

と虚言《ろう》を弄した。

「要らないわ、あんなもの」

「最前、い組の若頭と会ったと言ったな」

「あら、知り合いなの」

「い組の若頭とか、そりゃねえよ。おれが知り合いのなのはい組の若い衆よ。おれとはおなじ貧乏長屋で育った間柄だ」

「まさか昇吉さんではないわよね」

「えっ、お澄さん、昇公を知っているのか」

「まさかの、まさかだわ、最前の読売に昇吉さんらしい人のことが書かれていたのよ」

「なんてこった、おりゃ、読売の字なんて一文字も読めないんだよ」

と達二が答えたとき、

「お澄」

と姉のお佳世が呼ぶ声がした。

その傍らには、にやけた若旦那風の男がいた。お佳世は持て余して妹を呼び寄せた感じがした。

「達二さん、日本橋の北詰で待っててね、話があるわ」

と言い残したお澄が甘味処に戻っていった。

二

達二は、日本橋北詰で四半刻待った。お澄の誘いは咄嗟《とっさ》に出たふうだった、奉公を抜けて来られるかどうか分からなかった。だが、来ることを信じて待った。

(昇吉の隠し舟はどこに舫われているのか)

間違いなく新材木町河岸の万橋から別の場所に移されているだろう。竈河岸に戻したかと思った。だが、あそこには昇吉は戻すまいと思い直した。

そのとき、人混みの中に浮世小路の料理屋の妹娘の姿があった。大勢の人の群《む》れにあってもひと際《きわ》、少女の美形ぶりは際立っていた。

達二が北詰の欄干の傍らで天秤棒を担いだ物売りと槍持ちを従えた武士の隣にいることをお澄はすでに察していた。

(どこへ連れていき、話し合うか)

達二はそう考えて橋の上を見た。

過日、昇吉が掏摸を捕まえた橋の頂きを顧《かえり》みた。橋の欄干の下にはねぎと生卵を竹籠に入れた棒手振りが三人並んで往来する人に声をかけていた。

（大勢の人が往来する日本橋の上で話すほうがお澄は安心する）

と思った。

「待たせたわね」

とお澄の声がした。

「大して待ってないよ。お澄さんよ、この橋の上でさ、一石橋のほうを見ながら話すのが安心と思わないか」

「昇吉さんが掏摸を捕まえたのはこの橋の上よね」

「おお、そうだ」

「いいわ、ここで」

とお澄がくるりと人混みに背を向けて西日が差すお城と富士山が望める方角を見た。日本橋川には大小の舟が行きかっていた。

達二もお澄に並んでお城と富士山を見た。

「達二さん、大工さんと言ったわね。うちの加賀屋うきよしょうじを知っているわよね」

「おお、うちの棟梁の出入りのお店だ、おれの親父も新たな普請の折りは、うちの棟梁のところに話が来ると信じているぜ」

「今川橋際の砂之吉《さのきち》親方よね」

お澄がすかさず言った。達二は頭のいい娘だと思った。その娘がしばし間を置き、

「達二さんは昇吉さんの知り合いよね」

と質した。

「ああ、最前も言ったぜ、幼馴染だ」

「あなたたち、昨日今日、会ったんじゃないんだ」

お澄の問いに達二はこくりと頷いた。昇吉には止められたが、お澄とは、正直に話し合ったほうがいいと、達二は最前から考えていた。

「昇吉さんは、自分が掏摸の仲間と書かれた読売を読んでいるの」

「ああ、お澄さんにもらった読売を昇吉に見せたからな。おりゃ、読み書きができないが、昇吉は寺子屋に通わされたからすらすらと読めるんだ」

「そう、達二さんが読売を見せたの」

「いけなかったか、お澄さんよ」

「いえ、わたしが望んだことを達二さんはやってくれたわ」

「お澄さん、おれたちが幼馴染と承知していたのか」

達二の問いにお澄は顔を横に振って否定した。

「知らなかったわ。だけど、最前会ったとき、達二さんと昇吉さんは親しい仲間だと思ったの、なぜだろう」

とお澄が小首を傾げた。

その仕草がかわいいと達二は思い、いや、いまはそんなときじゃないぞ、と己に言い聞かせた。

「おれたち、紺屋町の同じ裏長屋で生まれ育ったんだ。まるでほんとの兄弟以上にさ、おれと昇吉と忠助の三人は毎日顔を合わせてよ、犬っころのように泥んこになって暴れ回り、育ったんだよ」

「そのことよ、昇吉さんと達二さんは実の兄弟のように育ったから、達二さんに会ったとき、わたしがそう感じたのよ」

とお澄が言い切り、さらに問うた。

「読売を読んだ昇吉さんは、なんと言ったの」

「おれがよ、おまえ、掏摸の仲間かと訊いたらよ、『これにはちょいと曰くがあるんだよ。掏摸なんて野郎とおれが朋輩《ダチ》になると思うか』と言い返されたぞ。おりゃ、そのとき、昇吉の言葉を信じたんだ。それでいいんだよな、お澄さん」

達二の考えを聞いたお澄が、

「それでこそ兄弟よ」

と言い切って、にっこりと微笑《ほほえ》んだ。そして、実際の歳は達二がいくつか上だが、弟分の昇吉のほうがいまやしっかりとした考えの持ち主だとお澄は思った。

「達二さん、曰くがなんのことか、昇吉さんは言ったの」

「いや、言わなかった。でもさ」

「なんて」

「それが」

と達二が言い淀んだ。

「わたしには言えないの」

「そうじゃないけどさ」

「どうしたの、わたしが信用ならないの」

「違うよ。お澄さんの加賀屋の火付けに関わりがあると昇吉は思ってるみたいだったんだ。おりゃ、未だそれがどういうことか分からないんだ」

「そうか、昇吉さんはそこまで考えているのね」

「おい、火付けの下手人にまだ加賀屋が狙われているって昇吉の話は、ほんとのことか」

と思わずお澄に詰問していた。

「お姉ちゃんは、きっとうちが火付けに遭った事情をある程度知っていると思うわ。わたしは、なんとなく察するだけよ。うちが火付けに遭ったのは半年以上も前よね、だけど町奉行所の命で、うちは建て替えもできないでいるわ」

「そこだよな、妙なのはさ。加賀屋じゃあ木場にさ、整地をしたらすぐにも建てられる木組みを材木問屋に預けてないか」

「達二さんは、砂之吉棟梁のお弟子さんよね、そのことを知ってて当たり前よね。そう、木場にうきよしょうじの建物がそっくり建てられる木組みが預けてあると、お父つぁんに幾たびも聞かされたわ。でも、わたしたちはその木組みを使って建てられないの。わたしたち、伊勢町堀の堀留に舫った屋根船で寝泊まりしているのよ」

「なんだって、屋根船で寝泊まりしているんだ」

「火付けは未だうちに目をつけているんですって」

「だってよ、火付けで店も住まいも燃えてしまったじゃないか」

「わたしのお父つぁんとおっ母さんが命を張って守った金子とか沽券や書付がまだ火事場に残っていると火付けが思っているからよ」

「えっ、浮世小路の火事場に未だ大金や書付が残っているのか。火付けが奪っていったか、あの火事だぜ、そっくり灰になっちまったんじゃないのか」

　お澄が首を横に振った。

「うむ、となるとよ、燃え残っているとしたら、ああ、そうだ、内蔵の下に石組みの地下蔵が加賀屋には設けられているのか、大店にはそんな大事なものを隠す場所があると聞いたことがある」

　お澄が頷き、

「わたしは知らないけど、お姉ちゃんは、地下蔵を承知と思うわ。火事の折り、大事なものは番頭たちが水を張った石組みの地下蔵に投げ入れたんですって」

「そいつがいまも地下蔵に残っているのか」

「と、思うわ。だって、うちは川向こうに別邸があるのよ。にもかかわらずわたしたち姉妹は、浮世小路の跡地近くの堀留に舫われた屋根船で暮らしているのよ、なんのためにこんなことをするの」

しばし考えた達二が、

「火付けの下手人が未だ地下蔵の金子を狙っているのか、そいつからみんなで守っているのか。でも、いくら主の身内だからといってよ、お佳世さんやお澄さんまでお店の跡地近くに泊めた屋根船で暮らすことはないじゃないか、危ないぜ」

「だけど、番頭を始め、主だった男衆も女衆も屋根船に寝泊まりしているのよ。わたしたち、船で一日いるなんて退屈でしょうがないから甘味処のおばさんのところで日中は、手伝うことにしたの」

ふたりはしばらく黙り込んだ。

「お澄さんよ、昇吉が妙なことになっているのも、おまえさん方の加賀屋の火付けと関わりがあるからなのか」

と達二が念押しした。

「わたしには分からない。けど、つい先日は昇吉さんが読売に持ち上げられたわよね、こんどは掏摸仲間だなんて悪《あ》しざまに書かれている、これってどういうこと。それもよ、稼ぎの取り分で諍《いさか》いになって、掏摸のうの字を御用聞きの西河岸の八百蔵親分に渡したなんて、妙な話じゃない。あなたにとって昇吉さんは弟同然なんでしょ、弟がそんなことすると思う」

「考えられねえよ、おれにはさっぱり分からねぇ話だよ」

と言った達二が、

「昇吉の妙な動きの背後には、い組の若頭の考えがあると思わないか」

達二は昇吉が持っていた財布が若頭のもので、昇吉に渡して好きに使えと言ったという話を思い出していた。が、金子のことをお澄に言うのは、なんとなく憚《はばか》られた。

「そうね、若い火消の昇吉さんが独りで考えられることではないわよね」

「どうする心算《こころづもり》だ、お澄さん」

「達二さんは昇吉さんと話ができるの」

「ただ今の居場所は知らないんだ。だけど、隠し舟を捜し当てれば、そこで暮らしているのはたしかだ」

「隠し舟って、なによ」

「ああ、おれたちが奉公に出る何年か前、神田堀に捨てられていたぼろ舟を修繕して、おれたちの隠し舟にしてさ、昇吉と忠助とおれの三人で親に隠れて寝泊まりしてきた小舟のことだよ」

達二が隠し舟のおよその経緯《いきさつ》をお澄に告げた。

「何てこと、昇吉さんたちも舟暮らししていたの」

とお澄が驚きの声を発した。

「ああ、おれたち、ぼろ舟を大川に浮かぶまでに修繕したんだ。おりゃ、親父から道具の使い方だけは習っていたからな、昇吉と忠助のふたりにおれが教えたんだ。火消は鳶とふたつ仕事だよな。おれが教えた道具の使い方はきっと鳶仕事の折りに役立ってるぜ」

と達二が威張った。

「忠助さんは、奉公先でなにか三人兄弟の折りの遊びが役立っているかしら」

「あいつは桐油《きりあぶら》問屋二文字屋《にもんじや》に勤めているんだ。あの奉公先では合羽《かっぱ》だの傘だのは使っても、大工道具の使い道はあるまいな」

「昇吉さんは大工仕事では達二さんの弟子なのね」

「おうさ、おれが教えたからさ、やつは、いまも鋸も鉋も鑿《のみ》も使えるぜ」

と言った達二だが、自分の作業場、それも名主の喜多村家の敷地に入れたことはさすがに口にしなかった。

「達二さん、昇吉さんがうちのためになにかしてくれようとしているのかどうか、

「わたし、知りたいわ」

お澄が話を戻した。

「となると、おれたちの隠し舟を捜すことが肝心だな」

と応じた達二だが、なんとなく昇吉が万橋下から移した先の見当がついていた。

「お澄さんよ、昇吉とお澄さんとおれはさ、この一件に関してよ、仲間だよな」

「むろんよ。突き止めたいと思ってるわ。昇吉さんがなぜ読売に悪く書かれなければならないのか、そのうえ、なぜうちの料理茶屋が火付けに遭わなきゃならなかったか」

「そんでよ、なぜお澄さんの親父さんと女将さんが火付けのせいで亡くなったか」

達二の言葉に頷いたお澄が、

「なにか肝心かなめのことが抜けていると思わない」

「肝心かなめか、どんなことだ」

「わたしには分からないけど、思いついた謎のいくつかを結びつけるなにかよ」

お澄の言葉に曖昧に頷いた達二は、

「よし、ともかく、おいらたちは身内以上の朋輩《ダチ》だよな」

「そうよ、絶対にだれも裏切らないダチよ」

「分かったぜ。おりゃ、隠し舟を捜しに行ってよ、お澄さんの考えを奴に伝えるぜ」

ふたりは日本橋の北詰で別れた。


昇吉は、晩夏の日差しが落ちた時分、浜町堀が大川の右岸に合流する辺りの中洲に向かって小舟の舳先《へさき》を入れた。大川の流れをふたつに分かつ中洲は密集した葦原《あしはら》だが、葦原の間に迷路のような水路が通っていた。

昇吉は、複雑な水路をすべて承知していた。

それなりに広い中洲の真ん中にいくつか浮島《うきしま》があった。そんな浮島のひとつに灯りが点っていた。

この中洲の浮島を知る者は、達二か忠助しかいないはずだった。浮島には葦で造った小屋があって、灯りはその小屋に点っていた。

昇吉は、ゆっくりと小舟を浮島に着けた。小舟には掏摸のうの字が連れていた犬が大人しく乗っていた。

昼間、小網町《こあみちょう》一丁目と二丁目の間の思案橋下から日本橋川の対岸を見ていると、南茅場町の河岸に一匹の犬が悄然《しょうぜん》とした姿をさらしていた。なんと、うの字の飼い犬だった。

飼い主のうの字は掏摸でも飼い犬に罪はない、せいぜい在所者の足に小便を引っかけた程度の悪さだ。もはや飼い主は、遠島は免れないと西河岸の八百蔵親分に聞いていた。

南茅場町の大番屋に一度は連れていかれたものの、外に放り出されたのか。

昇吉はぼろぼろ屋で買った古着に、手拭いで頬被りをして破れ笠でさらに顔を隠していた。大番屋に近づきたくはなかったが、犬には罪はない。思い切って小舟で日本橋川を渡ると、うの字の犬は船着場の杭《くい》につながれていた。

「おい、おれとおまえは妙な縁《えん》でよ、結ばれているんだよ、小舟に乗りねえ」

昇吉が岸辺に上がり、紐をほどくと犬は、大人しく昇吉に従ってきた。そんなわけで犬が乗っていた。

小屋から姿を見せたのは忠助だ。

忠助の奉公する二文字屋は手堅い商いだ。桐油を格別な紙に塗ると雨を通さず防水の効き目が絶大になる。その桐油を商うのが桐油問屋だ。

参勤下番《さんきんかばん》で国許《くにもと》に戻る大名諸家が競って買っていく。

「おい、河岸道から浮島までどうやって渡ったんだ」

「そんなことどうでもいい。昇吉、おめえ、なんとも忙しそうだな。読売によ、掏摸を捕まえて手柄を立てたと載ったかと思うと、こんどは、その掏摸仲間だなんてのが載ったたな。おりゃ、うちの番頭さんに教えられて、い組を訪ねたぜ。そしたら、組頭だか小頭だかによ、『もうあいつは、い組の火消でも鳶でもねえ』とけんもほろろに言われてよ、おれまで掏摸扱いを受けたぜ。どういうことなんだ、昇吉」

と幼馴染が怒りの口調で詰問した。

「忠助、こいつには理由《わけ》があるんだ。しばらく様子を見ていてほしいんだがな」

とゆったりとした口調で応じた。

「理由を話しねえな」

と奉公先の丁寧な言葉遣いではなく、昔ながらの裏長屋のざっかけない口調で質した。

「忠助、幼馴染が信頼できないか」

「なにを信頼しろというのだ。いくらなんでも読売が好き放題書いていいということあるめえ。おれたちの育った裏長屋は、大変な騒ぎになっているぜ」

「なに、うちの親父もこのことを承知か」

「当然だよ、おめえが掏摸を捕まえたということは知らなくても、掏摸の仲間だったという話は長屋じゅうが承知だよ」

「参ったな」

昇吉は迂闊《うかつ》にも身内がこの話を知っているなんて考えなかった。

小舟を浮島に舫った昇吉は、犬といっしょに島に上がった。

「どうする気だ、犬なんぞ連れて、呑気《のんき》なもんだな、昇吉」

「どうするって、もうしばらく日にちをくれないか」

昇吉が繰り返し願ったとき、

「ありゃ、達二か。安藤《あんどう》様の屋敷前の船着場から合図が送られているぜ」

と忠助が言った。

太い竹棹の一部をくり抜いて蠟燭《ろうそく》を入れて、蠟燭の前面を手で覆ったり開けたりする道具がそれぞれ三人の合図になっていた。

一番年上の達二の合図は、最初は長く二番目と三番目は短く光を送った。昇吉の合図は、真ん中が光を長く送って、その前後は短かった。忠助の合図は、三番目の光を長く点した。

た。

「よし、おれが達二を迎えに行こう」

忠助が浮島から舫ったばかりの小舟に飛び乗り、竹棹の先で浮島の土手を押し

三人のうちで小舟の櫓と竹棹の使い方が下手なのが、忠助だった。だが、いま

達二を迎えに行かせると、昇吉に逃げられると考えたか、忠助が小舟を確保した。

致し方なく昇吉は、小屋に入った。すると、忠助は、どこで作らせたか、握り

めしを持参してきていた。

「まさか、親父はおれが掏摸仲間だなんて信じてないよな」

と独りぼやいてみた。

「おめえも腹が減っているか」

と捨て犬に握りめしを一個竹皮の上にほぐしていると、

「うむ、おまえの名はあかべい、か」

首筋に名札《なふだ》がぶら下がっているのが目に留まった。

「よし、互いに腹が減っては戦《いくさ》ができねえな」

昇吉があかべいに握りめしを与えるといきなり食い始めた。

「最後は若頭の助けを借りるしかないか」

と思いながら、竹皮の上に載る握りめしを摑み、自分もひと口食した。

昨晩竈河岸で二八そばを食べて以来、なにも食してなかった。それ以上に腹が空いていたのはあかべいだった。ひといきに握りめしを食い終えていた。

「ふたつ目は待ちねえな、おれの握りめしじゃないからな」

半分ほど手に残していた握りめしをあかべいにやった。

そのとき、竹棹が水底をつく音がして、小舟が浮島に接岸してふたりの朋輩が小屋に入ってきた。

三

「昇吉、犬まで連れてよ、そんな呑気なことでいいのか」

と忠助が幾たびめかの嫌味を言った。だが、達二はなにも言わずに浮島の小屋の一角に座し、

「三人でよ、浮島で顔を合わせるなんて久しぶりだな」

と小屋を懐かしそうに見回し、片隅に座す犬を見た。

「昇吉、捨て犬か」

「いや、掏摸のうの字の犬だ、あかべい、って名らしい」

「おい」

と忠助が険しい声を発した。

「忠助、落ち着け。こいつには理由があるんだよ。だろ、昇吉」

「ああ」

と応じた昇吉が三つめの握りめしに手を伸ばし、ふたつに分けてひとつをあかべいにやった。そして、あかべいを南茅場町の河岸で見つけて、連れてきたわけを話した。

「だってよ、掏摸のうの字は遠島間違いなしだそうだが、こいつは飼い主を失ったんだぞ、だれかが飼ってやんなきゃあ、可哀そうだもんな」

昇吉が言ったが、さすがに達二もなにも言わなかった。その代わり、忠助がふたりに、

「事情を話せ。ことと次第では、おりゃ、おまえらと付き合いを絶つぞ」

と言い放った。

「事情な、そいつがさ、はっきりしないんでよ、話しづらいや。忠助、おれと昇吉の問答をしばらく我慢して聞かないか。それで得心がいかなきゃあ、おれたち

との仲を絶つというならそれも致し方ないがな」

達二が言った。そして、

「おれも腹が減った。握りめしをもらうぞ。ひとつ、こいつは昇吉が買ってきたのか」

「ちがう、おれだ」

と忠助が答えた。

「そうか、こんなことに気づくのは忠助しかいないやな」

と言った達二が握りめしを摑み、いきなり口にすると、

「中につくだ煮が入っているぞ、うまいや」

とむしゃむしゃと食して、

「昇吉、浮世小路の料理茶屋の妹娘とふたりきりで話ができたぞ」

「なに、お澄さんと話せたか、お澄さんはこんどの一件、どう考えているんだ」

「おうさ、おれたちと同じでよ、どうも加賀屋の、うきよしょうじの火付けが未だあの姉妹の店にのしかかっている感じだったな。ともかく、火付けの騒ぎに目《め》処《ど》をつけなければ、どうにもならないってことでお澄さんとは一致したぞ」

「おお、そいつはよかった」

なんとか聞きだした。

という問答を聞いて、昇吉が安堵の声を漏らした。

「なんの話だ、浮世小路の料理茶屋なんてよ」

「忠助、しばらくおれと昇吉の問答を聞いていろ、と言ったぜ。昇吉がい組を放り出された背景にはよ、浮世小路のお店の火付けが関わりあるんだよ。うきよしょうじ、とおれだって読める妙ちきりんな屋号の料理茶屋は、なぜ火付けに遭ったか、そして、主夫婦がふたりして焼け死んだのか、なぜ、料理茶屋は、火事に遭って半年も経つのに、新しいお店と住まいの普請ができないのか。

どうやら、すべてに関わりがありそうなんだが、お澄さんもよ、いまひとつ、肝心かなめなことが分からないと首を傾げていたな」

達二がお澄の言葉を昇吉に伝えた。

「おまえら、浮世小路の燃えた料理茶屋の身内と知り合いか」

と忠助が関心を示した。

「ああ、話すようになったのはつい最近だがな、美形姉妹のお佳世さんと妹のお澄さんとも知り合いだ」

達二が胸を張った。

「ふーむ、昇吉がい組を放り出されたのには、曰くがあるのか」

「忠助、そういうことだ」

と応じた達二が、

「昇吉、おめえは、若頭の吉五郎さんにしばらくい組を離れて、うきよしょうじの火付けを調べてみろ、と命じられたんだよな」

「ああ、火消が火事場を調べて悪いわけはないよな」

と返答した昇吉が懐から、

「こいつは若頭の財布だ、神田明神《かんだみようじん》から受けた吉五郎若頭の名入りのお札《ふだ》も入っていらあ。若頭がこの御用の間、好きに使えとおれの手に押しつけなさったものだ。忠助、おまえさん、い組を訪ねたと言ったよな、若頭に会えば、ひょっとしたら、おれへの疑いを打ち消すことを言いなさったかもしれねえな」

と昇吉が忠助に言った。

「おりゃ、なにがなんだか、未だ分からねえ」

と忠助が喚《わめ》いた。

「だろうな、おれたちだって、分からないしよ、火付けの下手人が浮世小路の火事場の跡地に戻ってくるなんて、思えないんだぞ」

と達二が応じた。

「そうだ、お澄さんは昇吉が、うちのためになにをしてくれようとしているのか、知りたがっていたぜ」

「達二兄いよ、もう分かっているじゃないか。い組の町火消のおれは、加賀屋うきよしょうじの火付けの下手人をとっ捕まえたいのさ。それが少しでもお佳世さんとお澄さんの姉妹に役立つというならば、一時、読売に悪く書かれるくらい大したことじゃないさ」

「よし、昇吉、よく言った。となるとよ、肝心かなめがなにか調べることが真っ先におれたちのやるこっちゃないか」

と達二が言い切った。

「達兄いは火消じゃないぜ、大工だぞ。そんな片手間にやっているとよ、大工仕事がいい加減にならないか。うちの店じゃ、今日、ここに出てくるだけでも大変なんだぞ」

「忠助、うちの棟梁が代々の浮世小路の料理茶屋の普請を手掛けているんだよ。火付けの下手人を昇吉が暴き出してくれれば、うちは大仕事がひとつ舞い込むってわけだ。片手間仕事なんかじゃないんだよ」

「あっ、そうか。ふたりして、仕事絡みか」

と言った忠助が、

「ふたりして肝心かなめのなにかの探索はついてないのか」

「ああ、そういうことだ」

と達二が返答した。

「おりゃな、なんとなく察しているんだ」

「なに、昇吉、察しているってなにをだよ」

「達兄い、半年前、料理茶屋うきよしょうじで、い組の五代目総頭の江左衛門様と若頭の吉五郎さんが、料理茶屋の主夫婦と話し合いすることになったそうだ。ところが、総頭は風邪気味でな、集いには欠席された。で、若頭だけがお佳世さんのお父つぁんとおっ母さんに会いなさった」

「料理茶屋の客としてうきよしょうじに上がったのではないのか」

と忠助が問うた。

「いや、い組の若頭と料理茶屋の姉娘のお佳世さんが祝言《しゅうげん》を挙げるについての、初めての話し合いだったんだ」

「うむ、お佳世さんがい組の総頭の家に嫁《とつ》ぐということか」

「ああ、そんな話し合いだったようだ。たしかに総頭は欠席しなさったが、風邪のせいだ。若頭の言葉では円満な話し合いだったそうだな」

とお澄と話したばかりの達二が言い、

「このことがなんぞ差し障りを生じさせたか」

忠助が質した。

「集いは円満に終わったと当の吉五郎若頭は感じておられた。ところがその夜に、料理茶屋、加賀屋うきよしょうじは、火付けに遭って茶屋と住まいは焼け落ち、主夫婦は炎にまかれて死になさった」

と昇吉がふたりの知らないことを告げた。

「えっ、そんな集いのあった夜に火付けに遭ったのか」

と達二が驚き、

「い組とうきよしょうじの四人のうち、うちの総頭は欠席、うきよしょうじの二親は身罷り、その場にいたのはもう吉五郎若頭ひとりだけだ。話し合いの結果もなにも立ち消えになったのだ」

昇吉の言葉に達二も忠助も黙り込んだ。

三人の間に長い沈黙があった。

最初に口を開いたのは、初めてこの一件を知った忠助だ。

「この両家の婚姻を快く思わない者が火付けをしたということか」

「かもしれないし、違うかもしれない。あれこれと起こったことを結びつける肝心かなめの一事が分からないとお澄さんが言ったんだ」

達二が返答して、

「おお、吉五郎若頭がよ、自分の財布ごと昇吉に渡して、この一件を調べさせている理由が分かったぜ」

と言い添えた。

「待て、待ってくれ」

「なんだ、忠助」

「当人の吉五郎さんとお佳世さんは、一緒になることをどう思っているんだ」

「若頭もお佳世さんも互いに惚《ほ》れ合っていなさる」

とふたりの代わりに昇吉が認めた。

「集いの夜に火付けがあったということは、ふたりの婚姻に反対の者がいるということか」

忠助が質した。

しばし間を置いた昇吉が、

「両替商の大坂屋仁左衛門の女房が、お佳世さんに強引に推し進めようとしている見合いの相手がいるそうな、日本橋南詰の小粋なお店の若旦那だそうだ。お佳世さんは、嫌がっていなさるがね」

「その若旦那は、お佳世さんだけが狙いか、もしかして、うきよしょうじの金目当てということはないよな」

と達二が昇吉に質した。

「ひとつ言えることは、吉五郎若頭は、何年も前から料理茶屋に通い、その席にはお佳世さんも同席していたそうだ。となると、見合いの相手は自分には勝ち目がないことも承知かもしれないな。

ただし、両替商の大坂屋の女房が勧める見合いの相手は、火付けの下手人とは別人物かもしれないな。いや、両替商の女房が間に入っているんだ、まさか、火付けだなんて妙な相手ではあるまい」

昇吉の返答に忠助が片手を上げて、

「待て、待ってくれないか。両替商の大坂屋だがな、あの界隈で奇妙な噂が流れているというのをお店で小耳に挟んだことがある、つい最近のことだ」

「女房が派手好みで金遣いが荒っぽいのかな」

「昇吉、両替商の女房の費《つい》えくらいで噂が流れるものか。なんでも大坂屋は、上《かみ》方《がた》の大店と組んで長崎口《ながさきぐち》に手を出したそうな」

「長崎口というのは、異国《いこく》との交易品か」

と昇吉が質した。

「火消がよく承知だな。うちの店なんぞは大名諸家が馴染客だ。西国《さいごく》大名からそんな話も漏れてくるのさ。そう、昇吉、長崎口と称《しょう》しているが抜《ぬ》け荷《に》だろう。借り切った大船いっぱいの荷が遠州灘《えんしゅうなだ》の荒波に転覆して、何十万両もの荷も船も海底に沈んだそうな。そんなわけで、大坂屋の内証《ないしょ》は一気に苦しくなったというぞ」

「驚いたな、そんな話に料理茶屋のうきよしょうじの火事は絡んでくるのか」

達二が驚きの声を上げた。

「まあ、待ってくれ。最前も言ったが、大坂屋の女房の見合い話がうきよしょうじの火付けに絡むかどうか未だ不明だぞ」

と昇吉が慌てて言った。

「いや、調べる要があるぞ。それと今ひとつ、この浮世小路の火付けの一件、町奉行所が探索していないのか」

「していると思うが、おれたちは町奉行所とは別口の調べだからな」

と昇吉が言い訳した。

「いや、こうなったら、町奉行所の動きも知っていなければ、こちらの探索もうまくいかないぜ」

忠助が急に身を乗り出さんばかりに張り切った。

「忠助、おりゃ、大工だ。昇吉は、いまや町火消じゃないな、埘は隠し舟かこの小屋、仕事なしだぞ。大坂屋の内証や町奉行所の探索具合をだれが調べられるよ」

と達二が忠助に質した。すると忠助が、

「うちの客は大名諸家や町奉行所と手広いのだ。その関わりで両替商の大坂屋の内証くらい調べられるぞ」

「桐油問屋って、客筋は武家方だったのか。ふーん、でも、忠助、最前言ったように、店を空けることは難しいんじゃないか」

「昼間、仕事と称して調べるさ。うちの客筋なんて何代も前からの縁だ、こんな調べなんて雑談同然だな。明日昼下がりの八つ半に浜町堀河口の川口橋に立っていよう。調べがついたことを昇吉に知らせる」

と忠助が言い切り、

「おりゃ、仕事の合間にお澄さんに今晩の話を告げておく」

と達二が応じた。

「よし、ならば、ふたりを新材木町河岸辺りまで送っていこう」

と昇吉が言い、小屋の灯りを消すと、

「あかべい、もう一度、舟に乗るぞ」

ふたりの朋輩とあかべいを乗せた小舟は葦原の水路へと舳先を突っ込んだ。

結局、伊勢町河岸まで隠れ舟にふたりの友を乗せて乗り入れた。

「あの屋根船がうきよしょうじのものか」

忠助が興味深げに見た。

「ああ、あまり近づくと厄介に巻き込まれるかもしれないぞ」

「昇吉、案じるな。おれの普請場は」

「達兄い、分かっているって。昼間と夜は違うからな、ふたりして早く戻らないと夕めし抜きになるぞ」

昇吉がふたりを小舟から降ろしてふたつの影が伊勢町河岸よりひとつ日本橋川に寄った瀬戸物町《せともの ちよう》に入っていくのを見送った。

「さて、どうしたものかね、あかべい」

と掏摸のうの字の飼い犬だったあかべいに話しかけた。

苫《とま》屋根の下でうずくまっていたあかべいが顔を上げて、舟から降りたいような風情を見せた。

「小便か、いいだろう。火付けも賊も、夜間しか出ないよな。見張りがてら、この界隈を歩くか」

と昇吉はあかべいを連れて小舟から出た。そして、思った。

（幼馴染はいいものだな）

ともかく桐油問屋に奉公した堅物《かたぶつ》の忠助がまさか手助けしてくれるなんて夢にも考えなかった。なんとしてもお佳世とお澄の姉妹のお店と住まいを燃やして、ふたりの親を殺した下手人を見つけたいと願った。

魚河岸の東側の堀伝いに江戸橋《えどばし》の袂へ出た。

刻限は五つ半（午後九時）時分か。

江戸橋の袂にも二八そば屋が出ていた。

「あかべい、そばを手繰《たぐ》るか」

と握りめしを食べただけの昇吉とあかべいは、

「おやじさん、そばをくれないか」

と願うと、おやじがあかべいを注視した。

「おやじさん、あかべいはなにもしないよ」

「おめえの犬じゃないな」

といきなり決めつけられた。

「ああ、今日の昼間まではおれの犬じゃなかったがさ、事情があっておれが引き取ることにしたんだよ」

「うの字の犬だよな」

「おやじさん、承知か」

「うの字は年貢の納めどきだった。だが、あかべいに罪はねえや。どうしているかと思っていたぜ」

「そうか、おやじさんも見知った犬だったか」

「うの字が半年ほど前にどこで拾ってきたか、足元に小便させる芸を教え込んでな、厄介なことを犬に教えると思っていたら、うの字め、捕まりやがった」

「そういえば、あかべいって名は、だれがつけたんだ」

「あいつが犬を拾ってよ、おれの店に立ち寄ったとき、赤い鼻緒《はなお》の娘っこが通りかかり、こいつがえらく鼻緒に関心をしめしてよ、すり寄っていったんだ。五、六歳の娘もおびえたりしないしよ、こいつの頭を撫《な》でていたっけ。そんときな、うの字が、『よし、おまえの名は赤い鼻緒のあかべいだ』って言いやがってさ、あかべいになったんだ」

「へえ、そんなことがあって、あかべいになったたか。首輪にあかべいと書いた布切れをつけたのは、だれなんだ」

「この界隈で字が書けるやつがいても、うの字の犬っころにそんなことはしないやな。うの字が字が書けたとも思えねえ」

そば屋のおやじが言い、

「ほれ、あかべい、客が食い残したそばだ、冷めているから食いな」

とどんぶりに入れたそばを差し出すと、あかべいが尻尾《しっぽ》を振って、くちゃくちゃと音をさせて食い始めた。

「おれのはまだかい」

「おめえ、銭、持っているよな」

「ああ、十六文、ここに置くぜ」

「よし、ならば、ほれ」

あかべいが食する傍ら、昇吉にも供された。

職なしの昇吉とその昇吉が飼い主になったあかべいは、ずるずる、くちゃくちゃとそばを食べ続けた。

「ああ、うまかったな、あかべい」

と言った昇吉が、

「また立ち寄るぜ」

と立ち去ろうとすると、

「おめえ、うの字の仲間というじゃないか、御用聞きにとっ捕まらないようにしな」

おやじが声をかけた。

「ああ、そうしよう」

と答えた昇吉はあかべいを連れて、魚河岸の中を走る通りの闇に入り込んだ。

四

むろん四つ（午後十時）前の刻限だ。魚河岸に人の気配はなかった。

昇吉とあかべいは、雲母橋《きららばし》が見える魚河岸の一角から伊勢町堀の堀留に舫われた加賀屋の屋根船を見た。有明《ありあけ》行灯か、小さな灯りが障子の向こうに点っていた。

「あかべい、どこぞ、おれたちが隠れて、屋根船が見える場所はねえか」

昇吉が言うと、あかべいが昇吉を誘うように乾物問屋の伊勢屋の傍らにある小さな稲荷社に連れていった。

昇吉とあかべいが、稲荷社の床下に入り込んで屈むと、屋根船の右舷《げんそく》側が正面に見えた。

「よし、今晩からよ、ここがおれたちの見張り所だぞ。明け方までここで頑張るぞ、寒くはねえが、生き残った蚊《か》がいるかもしれねえな」

あかべいは慣れたもので、稲荷社の床下に丸くなって眠る気配だ。これまでも泊まったことがある様子だ。

「よしよし、夜は長いや」

最後の独り言を昇吉が漏らしたとき、四つの時鐘がどこからともなく響いてきた。

昇吉は、あかべいの傍らに胡坐《あぐら》を掻《か》いて屋根船を見張ることにした。膝があかべいの背に接して温かかった。

昇吉は、必ず浮世小路料理茶屋、加賀屋うきよしょうじに火付けをして、主夫婦を殺した火付け野郎が現れると信じていた。いや、信じようとしていた。

握りめしと二八そばを食って腹がいっぱいになったせいで睡魔《すいま》が襲ってきた。

(おりゃ、町火消一番組い組の昇吉だぞ、火消が眠りこけてどうする)

と己を叱咤《しった》しながら、堀留に舫われた屋根船の灯りを見続けた。

なんとか夜半九つ(午前零時)の時鐘まで昇吉は聞いた。が、ふと気づくと瞼《まぶた》がくっついていた。

「いけねえいけねえ」

と自分の膝をつねりながら目を覚ました。

長い一夜目の始まりに過ぎなかった。睡魔をこらえつつ、屋根船の有明行灯と思える灯りを見守り続けた。

ふと気づくと、自分の他に屋根船を見張っている者がいるような気がした。

（うむ、火付けの下手人か）

と思ったが、

（いや、違うな、御用聞きか、町奉行所の同心のどちらかだろう）

と思い直した。

（おりゃ、火付けはとっ捕まえたいけどよ、御用聞きにとっ捕まりたくねえな）

と思い直した。だいいち、

（おりゃ、うの字の仲間なんぞじゃねえぞ。おれは、い組の昇吉、町火消のお兄いさんだ）

と言い聞かせながら、ひたすら我慢した。

九つ半（午前一時）を過ぎたか、あかべいが体をもぞもぞと動かした。

「あかべい、吠《ほ》えちゃならねえぜ。御用聞きの連中は、半年以上も見張りを続けているんだからな。おれたちはたったのひと晩めだぞ」

と言い聞かせた。すると昇吉の言うことが通じたか、あかべいが体の向きを変えただけでふたたび眠り込んだ。

昇吉はそっと床下に腰を屈めて立ち上がった。すると稲荷社の床下から名主の喜多村家の味噌蔵の火の見台がちらりと見えた。そして、

（あれっ、人の気配がしないか）

と思った。昇吉は床下から顔をそっと覗かせて火の見台を眺め上げた。が、人影はなかった。どうやら見違いだったようだ。

（最初《はな》からうまくいくわけはないよな）

と自分に言い聞かせながら、またあかべいの傍らに座り込んだ。

こんな風にしてひと晩めが過ぎて、未明を迎えた。

あかべいを連れて朝の微光とはいえこの界隈を歩けるわけもない。

薄闇の魚市場を抜けて伊勢町堀に舫った小舟に戻った昇吉とあかべいは、大川中洲に戻ると葦原に小舟を突っ込み、浮島の小屋に小舟を舫った。小屋には忠助が持ってきた握りめしがふたつ残っていた。

「あかべい、朝めしだ。ひとつずつ食おうぜ」

と話しかけ、あかべいの分の握りめしを竹皮の上でほぐすと与えた。

あかべいは、これ、おれが食っていいの、という顔つきで昇吉を見た。

「おお、おまえの朝めしだ」

と許しを与えると、自分のぶんの握りめしを口に入れた。いささか固くなっていた。

い組にいた折り、三度三度のめしが出ていたことを、改めて感謝した。めしは炊き立てで二菜に一汁、どんぶりに香の物も山もりに出ていた。あたたかいどんぶりめしを仲間と競い合って食べる朝餉《あさげ》を羨《うらや》ましく思った。

「致し方ねえや。あの姉妹のためだもんな、いや、なにより若頭の吉五郎のために、火付けの下手人をとっ捕まえないと」

（いつまでもい組に戻れねえぞ）

と思いながら握りめしを胃の腑《ふ》に収めた。

「よし、あかべい、眠るぞ。今日の昼めしはなしだ、だがよ、夕めしはあったけえものを食わせるからよ」

あかべいに言い聞かせると葦で造った小屋に昇吉はごろりと横になった。小舟にあった綿入れを小屋に持ち込んでいたので、そいつを被った。すると、あかべいが綿入れに体を摺り寄せてきた。

若頭から御用を命じられて一日しか経っていない。だが、昇吉は何日も過ぎたような錯覚《さっかく》に見舞われた。慣れぬ御用のせいだろう。

あれこれと思い悩んでいると、ことん、眠りに落ちた。

どれほど眠り込んでいたのか、小屋の外の浮島で小便をしたあかべいが昇吉を見て、わうっ、と囁《ささや》くように吠えた。

「どうした。なに、だれかが来ているってか」

となると小舟と浮島を承知なのは、達二と忠助しかいなかった。

「よし、小舟に乗りな」

あかべいを小舟に乗せると葦原に突っ込んだ。舳先が葦原をかき分け、あかべいが座して、河岸道の武家屋敷、陸奥《むつ》磐城《いわき》平《たいら》藩安藤家の方角を睨んでいた。

昇吉は小舟を直ぐには大川の分流へと出さなかった。まだうっすらと晩夏の日差しが残っていたからだ。

昇吉は舳先から河岸道を眺めた。河岸道にも船着場にも人影はなかった。

この界隈は大名家でも六万石程度の拝領屋敷が軒を連ねており、町屋のようにぞろぞろと人が往来する場所ではなかった。人影のないのを見定めると小舟をようやく分流に出した。すると舳先のあかべいが、川口橋の方角を眺めていた。

昇吉が視線を向けると、黄八丈を着た娘が川口橋の辻番の脇に立っていた。お澄が葦原から姿を見せた小舟を見ている。

昇吉は無言で手を振り、橋下に下りるように仕草で告げた。そうしておいて小舟を川口橋に向けた。

勘よく昇吉の意を呑み込んだお澄が、なんと岡持《おかもち》を抱えて橋下に下りてきた。

「その犬があかべいなの」

「達兄いから聞いたのか、お澄さん」

「ええ、今朝早く屋根船に来てくれたの」

「そうか、小舟に乗ってくれないか、人に見咎《みとが》められたくないからな」

小舟に乗り込んだお澄がまず岡持を昇吉に差し出した。

「うっ、重いぞ。いい匂いがしやがるな」

「昇吉さんがまともな食べ物を食べてないと聞いたから。土鍋に魚や野菜がいっぱいの赤みそ仕立ての五目汁《ごもくじる》が入っているわ、こぼさないでよ」

「分かったぜ」

「もちろんあかべいのご飯も入っているわよ」

「ありがたい、けど、どこでこんな食い物を購《あがな》ったんだ」

「うちが料理茶屋ということを忘れたの。屋根船でも三度三度のまかないご飯を作るのよ。昇吉さんとあかべいのご飯くらい容易いものよ」

「そうか、お澄さんの家は料理茶屋だったよな。それにしてもおれとあかべいは、料理茶屋となんの関わりもないぜ。こんなことしてもらう謂《いわ》れはないがな」

と昇吉が首を捻った。

「謂れはあるわ。だって、昇吉さん、昨晩、堀留近くで夜明かしして、うちの屋根船を見守ってくれたんじゃないの」

「おお、達兄いがそんなことまで喋ったのか、おれが見張るなんてふたりには言ってないがな」

「あなた方三人、兄弟みたいにして育った間柄なんでしょ。昇吉さんがなにも言わなくてもふたりは察しているわ」

「そうか、そうだよな。お澄さん、おれとあかべいはさ、お店の屋根船の小さな灯りを眺めていただけだよ」

「どこから」

「そいつはさ、いくらお澄さんだって言えねえや、だれぞがお澄さんの思わず漏らした言葉で勘づくかもしれないからな」

と昇吉が言った。

しばし間を置いたお澄が尋ねた。

「ほかになにか感じなかった」

「おれの他に屋根船とか、うきよしょうじの跡地を見張る者がいたみたいだった、おそらく手慣れた感じからして御用聞きかな」

「それは西河岸の八百蔵親分の手下だと思うわ」

「おれもそう思う。だが、それとは別に、夜分を過ぎた時分、見張り所から堀留界隈を見回すとな、名主の喜多村様の味噌蔵の屋根に火の見台があるんだけど、そこいら辺りに人の気配を感じたように思えた。だが、はっきりとしたことは分からない」

「昇吉さん、名主さんの味噌蔵に火の見台があることをよく承知ね」

「おお、おりゃ、これでもい組の町火消だぜ、それくらい分かるさ」

と言い切った。だが、達二の普請場が喜多村家の味噌蔵とは言えなかった。

しばらく黙っていたお澄が岡持の蓋を上げて、土鍋に入った海鮮五目汁や煮魚や野菜の煮つけなどを出して昇吉のために装《よそ》ってくれた。あかべいのエサは白ご飯の上に魚の煮つけが載っているものだった。

「食べながらわたしの話を聞いて」

と言うお澄に頷き返した昇吉が、

「ご馳走《ちそう》だな。うきよしょうじのまかないめしって、いつもこんな風なのか」

「姉とわたしがいっしょに食べるようになって、まかないめしがよくなったんですって。お店と住まいが火付けに遭って、ただひとついいことですって。これ、奉公人同士の内緒話から知ったのよ」

と苦笑いした。

「お姉ちゃんがね、わたしが昇吉さんや達二さんと付き合うことを気にしているわ。素人がうちの火付け話に首を突っ込んで、これ以上ややこしくならないかとね」

箸を止めた昇吉がお澄の顔を見ながら質した。

「お澄さん、手を引いたほうがいいのか」

「いえ、わたしは昇吉さんが若頭から直《じか》に命じられたことを承知よ、だから、姉も昇吉さんのことはなにも言えないと思う」

「達兄いや忠助のことが気がかりか」

「お姉ちゃんはわたしほど昇吉さんと幼馴染の間柄を知らないわ。だから、案じているのだと思うの」

「どうすればいい、お澄さん」

「分からない」

とお澄が首を横に振った。

「おれはやっぱりやりかけた御用を続けるぜ。うの字の仲間でもないのに、読売に書かれたまま、世間様にこの先ずっと、昇吉は掏摸の仲間なんて思われたくないからな。だいいち、お澄さんの店の金子を狙う火付けの正体を知りたいや。それがさ、吉五郎若頭やお佳世さんのためになることだろ」

「それでこそ昇吉さんよ」

と笑みの顔で言ったお澄が、

「昇吉さんは夜通しうちの屋根船を見張っているのよね。こちらになにか厄介なことがあれば、舳先側の屋根の軒下に、この風車《かざぐるま》を挿《さ》し込んでおくわ、なにもなければ白い風車よ」

と袖《そで》から赤色の紙で作った風車を見せた。

「おお、分かった。これでさ、おれとお澄さんは、いっしょに御用を務めているって気持ちになるよな」

と昇吉は言った。

「わたし、そろそろ、行くわ。お姉ちゃんが案じるといけないから」

「よし、おれとあかべいが小舟で送っていこう」

昇吉は夕めしを途中でやめて小舟の艫に出た。すでにあかべいはエサをたっぷりと食べて満足げにお澄に頭を撫でられていた。

小舟を大川右岸の分流に進めて永久橋《えいきゅうばし》を潜った。

「お澄さん、吉五郎若頭とお佳世さんが会っている風はあるか」

「それがね、お姉ちゃんの様子を見ると、会っている風はないわね。若頭が火付けのことを気にして、いまは会わないほうがいいと考えているんじゃないかな」

「そうか、ふたりは会ってないか」

と言いながら昇吉は、

（おれたちはこうして会っているぞ）

と思い、にやりと笑った。

「お澄さんさ、若頭は気遣いの人なんだよ、お佳世さんと会わなくても必ず見守っているぜ、間違いない」

「このこと、お姉ちゃんに言っていい」

しばし考えた昇吉は、ああ、と返事をした。

崩橋《くずればし》を抜けて日本橋川に出た小舟は、小網町三丁目の河岸道ぞいにゆっくりと鎧《よろい》の渡《わたし》に差し掛かった。

今日最後の渡し船が小網町側から南茅場町の船着場に大勢の人を乗せて小舟の

前を過《よ》ぎっていった。

「昇吉さん、新材木町堀の親仁橋のところで降ろして」

お澄が願い、

「あかべい、また、明日の夕刻に会おうね」

と言い残して、葦で葺いた屋根の下から艫に出て、昇吉は人目がないことを確かめて小舟を河岸道に着けた。

「行くわね。また、明日」

と言ったお澄が河岸道に降りる前に、昇吉の手を軽く握った。

体の中を雷《かみなり》のように熱いものが駆け抜けた。

「また、明日な」

なんとか平静の声音で応じた昇吉は、

「照降町《てりふりちよう》を抜けると、まだ店がやっているから安心だぞ」

と小舟を降りるお澄に最後の声をかけた。

「分かったわ」

お澄が手を振り、親仁橋の傍らを抜けて照降町に通じる荒布橋《あらめばし》の方角へ姿を消した。

まだ六つ前の刻限だ。この界隈の道には人の往来があった。

昇吉は、また二刻半（五時間）のちには戻ってくる広大な魚河岸に目をやった。

あかべいを承知の二八そばはすでに商いを始めていた。

昇吉は小舟を日本橋川の流れに乗せて、大川分流の中洲へと戻っていった。すると陸奥磐城平藩の上《かみ》屋敷の船着場に大工の達二が独り立っていた。

「おい、まだ人がいる刻限によ、どこへ行っていたよ」

達二が険しい声で問うた。

「兄い、お澄さんが夕めしを持ってきてくれたんだよ」

「えっ、よく中洲の隠れ家、知っていたな」

「達兄いがお澄さんに言ったんだろ、お澄さんがそう言ったぞ」

「ああ、そうだったか。それで夕めしを届けに来たのか」

と羨ましそうな声を出して小舟に飛び乗ってきた。

「おお、これが夕めしか、ごうせいだな」

達二が驚きの顔で昇吉が食べかけた夕めしを見た。

「兄い、いっしょに食べないか。おりゃ、こんな夕めし、食ったことがないぞ」

とふたりして小舟を葦原の水路に入れて浮島に着けると、小屋へと岡持を運び上げた。

小さな松明《たいまつ》を点して岡持の馳走を並べた。

「兄い、なんぞ変わりはないか」

「ねえな、昇吉の話は、もう読売に載ってないとよ。そう、うちの棟梁が教えてくれたぜ」

「そりゃ、いいことか悪いことか」

馳走を食べながらふたりは、昨夜来のことを話し合った。

「兄い、昨夜の夜半のことだ。おれな、名主さんの味噌蔵によ、なんとなく人の気配を感じたんだが、そんなことはないよな」

「なに、味噌蔵の火の見台に人の気配だと、おりゃ、夜中に屋根なんて上がってないぞ」

「兄いなんて言ってないよ。ただ、そんな感じがしたんだよ」

昇吉が言うと達二が考え込み、

「よし、明日の朝、いちばんで調べてみる。その気配があったらよ、火の見台に上がる者がいたら、証しが残るように工夫をしておくぜ」

と達二が言い切った。

ふたりはふだん食べたこともない料理茶屋うきよしょうじの料理人が作ったまかないめしを食しながらしばらく雑談をした。

「昇吉、おれをあっちまで送ってくれないか。夕餉のあとに棟梁の家に帰るのは気が引けるからな、少しでも早く戻りたいんだ」

「でもさ、火付けをとっ捕まえたら砂之吉棟梁にとっても大仕事の声がかかるんだ、その手伝いを兄いがやっているんだろ。おれと違って、外に放っぽり出されてないからいいよな」

「棟梁とうちの親父は、おれがなにをしているか話したからいいがさ、他の連中は口さがないからな」

「兄い、だからこそ一日も早く火付けをとっ捕まえるぜ。おれの勘じゃ、なんとなく動きがありそうなんだがな」

と言った昇吉は達二を中洲の向こうの船着場まで送っていった。

第三章　退屈な見張り

一

　昇吉と鼻緒のあかべいの見張りは、淡々と続いていた。稲荷社の狭い床下に筵《むしろ》を持ち込み、自分の座り場所とあかべいの寝床を作った。

　季節は夏が終わり、秋へと移ろっていく。

　蚊は少なくなったが、その分、夜分は寒さが募《つの》った。

　そこで昇吉は、富沢町のぼろぼろ屋で床下用に綿入れを百文で買った。だれが使っていたか知らないし、長いこと古着屋にあったせいで臭《にお》いもしたし湿気《しけ》ってもいた。そこで日中、中洲の浮島に何日か乾《ほ》すと、なんとか着ても臭いが気にならなくなった。ついでに袷《あわせ》と股引を買った。こちらは洗ってあり、臭いはしなかった。

い組を離れて十日も過ぎたころ、夜の見張りを終えた昇吉は、小舟で大川を横切り、深川仙台堀の今川町の河岸に舟を舫った。

「あかべい、おれがさ、湯屋《ゆや》に行っている間、舟を見張ってくれよな」

と言い残すと、湯屋を探して朝湯に入ることにした。

綿入れを買ったついでに富沢町の別の古着屋で褌《ふんどし》など新しい下着も購った。

あまり汚いと湯屋の番台で断わられると思ったからだ。昨夜のうちに大川の水で汗を流したおかげで咎められることはなかった。

久しぶりの湯屋でかかり湯を使い、湯船に浸《つ》かる前に体を洗った。

湯船に浸かった昇吉は思わず、

「極楽ごくらく」

と漏らした。すると先に湯に浸かっていた年寄りが、

「兄さん、水夫《かこ》かえ。この界隈の人じゃねえな」

と話しかけてきた。

「おれかい、火消の」

と言いかけて慌てて、

「沖仲仕《おきなかし》だよ、何日か前からこの界隈の荷揚げ場で働いているのさ」

「いい体していると思ったら沖仲仕か」

「爺ちゃんは隠居かえ」

「おお、長いこと大工をしていたがな、足を痛めてな、長屋でぶらぶらしているのさ。朝湯だけが楽しみだ」

「これから寒くなるもんな。痛めた足に応えるな」

「ああ、そういうこった。沖仲仕もよ、外仕事だ。これからはつらいよな」

元は大工だったという年寄りとひとしきり無駄話をして、

「佃島《つくだじま》沖に荷下ろしの帆船《ほぶね》が泊まってら。おりゃ、行くぜ」

「明日も来ねえ」

湯船に浸かりっぱなしの年寄りを残して柘榴口《ざくろぐち》を出た。

富沢町で買った下着と袷、股引に着替えてさっぱりとした。

小舟に戻ってみると、あかべいが言いつけを守って留守番をしていた。

「あかべい、中洲に戻ったらさ、朝めしを食わせるぞ。もう少し我慢しねえ」

と言い聞かせて小舟の舫い綱《づな》を解《と》き、棹で船着場を突くと仙台堀から大川へと舳先を向けた。

久しぶりに湯でさっぱりして、朝の風がなんとも気持ちがいい。

三度三度のめしが食えて湯に入れる暮らしがどれほど大切か、しみじみと思った。

(おりゃ、い組の火消の暮らしにいつ戻れるかな)

棹を櫓に替えて仙台堀から大川の流れに小舟を突っ込み、仕事船が往来し始めた流れに気を使って横切っていく。

顔を手拭いで隠し、菅笠を被った形《なり》だ。

(一番組い組の兄さんが顔を隠して大川渡りか)

との想いが胸の中に浮かんだ。

「いけねえや、おりゃ、遊びでこんな暮らしをしているんじゃないぞ」

と声を出して叫んでみた。

(おりゃ、浮世小路の料理茶屋の火付けの下手人をなんとしても探り出す)

と思いながら櫓を漕いだ。

「ほれほれほれ、小舟の兄さんよ、なにがあったか知らねえが、大川でそう叫ぶねえ。秩父《ちちぶ》からの川下りの筏《いかだ》が通るぜ。流れに乗ってきた筏だ。材木の先に当たったらよ、ぼろ舟なんて木《こ》っ端《ぱ》みじんだぞ」

と筏の先乗りが長い竹棒の先で昇吉の小舟を押してくれた。

さすがに材木を何本も組んだ筏の先乗りだ、大小の船が往来する流れを巧《たく》みに大川河口へと操っていった。

昇吉はなんとか小舟を大川右岸の中洲につけ、人目がないのを見て葦原に突っ込ませた。

葦原の浮島に小舟を寄せて、昨日、お澄が届けてくれた弁当の残りをあかべいと分け合って食べた。そして、一升徳利《いっしょうどっくり》に入れてある水を飲んで、綿入れに包《くる》まり、

「あかべい、夕刻まで眠るぞ。今晩にも動きがあるといいのにな」

と独り言を漏らした。するとあかべいが尻尾を振って、

(昇吉兄さん、今晩はいいことあるぞ)

という顔つきだ。

「そうか、いいことがあるか。そう願いたいな」

葦造りの小屋で昇吉は、ことりと眠り込んだ。

夢を見ていた。

川向こうの土手の桜並木をあかべいの散歩をさせていた。するとお澄が、

「長命寺《ちょうめいじ》の名物の桜餅《さくらもち》よ」

と竹皮包みを手に河岸道を上流へ走っていく。

「待ってくんな、お澄ちゃんさ」

昇吉とあかべいがお澄を追っかけていくと、
ふわっ
と風に乗ったお澄が青空に向かって昇っていった。

「待ってくんな、おりゃ、火消だがよ、空は飛べねえよ、お澄ちゃん」

と叫んだところで目が覚めた。

小屋の外は、つるべ落としの秋の日差しが傾いていた。

刻限は、七つ半過ぎか。

あかべいは浮島で小便をすることを覚えていた。小屋には姿はなく、外に出てみると、葦原ごしの日差しに体をかざしていた。

「あかべい、腹が減ったか。どこぞのめしやに行きたいがさ、この界隈は顔を知られているからよ、さあて、どこに行ったもんかね。やっぱり湯屋のあった深川

か本所に行くか」

あかべいに話しながら、昇吉も小便をした。

「そうだ、霊岸島《れいがんじま》に渡れば、い組の縄張り外だ。あっちに行ってよ、煮売りめし屋を探すか」

昇吉は夕めしの食い場所を決めた。昨日お澄が届けてくれた弁当は重箱に詰められてあった。さすがに料理茶屋の弁当だが、むろん重箱は漆塗《うるしぬり》のような立派なものではなかった。とはいえ、使い捨てにする重箱ではないことを昇吉は知っていた。堀の水でざっと洗っていた器《うつわ》を小舟に載せた。

暮れ六つの時鐘が大川に響いてきた。

濁った夕焼けが江戸の町を覆っていた。

昇吉は浜町堀の河口に架かる川口橋を見たが、昨日の今日だ。お澄の姿はなかった。重箱は、お佳世とお澄の姉妹が寝泊まりする屋根船に返しておこうと考えた。

永久橋が行く手に見えた。

すると橋の欄干にお佳世とお澄のふたりが立っていた。

「あかべい」

お澄が仲良くなった犬の名を呼んだ。

舳先に寝っ転がった犬が立ち上がり、橋の上を見て、嬉《うれ》し気に吠えた。

(ううん、今日は珍しいな、姉様といっしょか)

昇吉はいささか緊張しながら永久橋の東詰にある稲荷社の下に小舟を寄せた。

ふたりの姉妹が風呂敷包みを提げて下りてきた。この界隈は、箱崎町《はこざきちょう》二丁目裏河岸埋立地と呼ばれる一帯だ。稲荷社の社殿も新しかった。

「なんぞあったかい」

昇吉が姉妹を迎えた。

「はい、夕ご飯よ、あかべい」

といい匂いのする風呂敷包みをあかべいの前に差し出した。

「お澄さん、毎日、弁当だなんて、無理をしないでくんな。おれたち、今から霊岸島辺りのめし屋に行こうとしていたんだ」

昇吉がお澄に言った。

ふたりの問答を聞いていたお佳世が、

「昇吉さん、い組の吉五郎若頭と話をしたわ。わたしったら、なにも知らなかったのね、いや、信じようとしなかったのね」

「なんのことです、なにも知らないとか、信じようとしなかったとかさ」

「昇吉さんが吉五郎さんの命で私たちを助けようとしていることをよ。読売のあの話は嘘だったのね、ご免ね。私ったら、昇吉さんのことを疑ったなんて」

「そんなことどうでもいいですよ。ふたりの屋根船ほどの広さはないけど、苫屋根の下に入りませんか」

昇吉の誘いで姉妹が小舟に入ってきた。

火打石で附木《つけぎ》に火を移し、昇吉は有明行灯を点した。

小さい灯りが小舟の内部を照らした。

「この舟、あなた方が修繕したんですって。妹から聞いたことを吉五郎さんに話したら、若頭、『なんだ、昇吉は舟に寝泊まりしているのか』と驚いていたわよ」

「お佳世さん、若頭の命を受けたとき、咄嗟にこの舟のことを思い出したんですよ。おれたち、幼馴染三人の持ち舟でね、でも、この舟に寝泊まりしているわけではないんです。

ほら、あそこ」

と後ろの葦原を指した。そして、

「大川の中洲の葦原の浮島に小屋があって、そこで寝泊まりしているんです。若頭に心配しないでもいい、幼馴染やお澄さんが助けてくれるから、必ずや近いうちにうきよしょうじに火付けした野郎の目処はつけるってね、そう言ってください」

「ありがとう、遅まきながら礼を言うわ。お澄から聞いても真のこととは思えなかったの」

「姉ちゃんは、吉五郎の若頭の言葉にようやくわたしの言うことを信じたのよね。妹より若頭の言葉を信じたのよね」

「そういうわけじゃないけど」

お佳世が妹の追及に戸惑いを見せた。

「お澄さん、そのことはもういいぜ。

おりゃ、い組を離れてさ、い組の暮らしが恋しくてたまらないのさ。だからこそ、うちの縄張り内で火付けをして、ふたりのお父つぁんとおっ母さんを殺した野郎が許せないのさ。若頭がよ、おれの他の兄弟分にこの用を命じなかったことが嬉しいのさ。

おりゃ、町奉行所のお役人や西河岸の八百蔵親分の向こうを張ろうというんじゃない。火消のおれができることをして、い組のためにさ、いやさ、料理茶屋うきよしょうじのためにさ、役に立ちたいのさ」

「ありがとう、昇吉さん」

お澄が言って、

「あかべい、お腹空いたでしょ、いまご飯をやるからね」

と風呂敷包みを解き始めた。

「お澄さん、ご馳走の弁当は、今日で終わりだ。おりゃ、おれのやり方で火付けの下手人をとっ捕まえるぜ」

と昇吉は言い切った。

風呂敷包みから重箱とどんぶりにご飯と魚の煮つけが載ったあかべいの夕めしが出てきた。

「昇吉さん、食べさせていいわね」

「ああ」と応じた昇吉が、

「昨日のご飯美味しかったぜ。おれもあかべいも大満足さ。それでな、重箱は堀の水で洗っただけだ、どこかきれいな井戸水でよ、洗い直して返したかったんだがな」

昇吉が小舟の隅にあった空《から》の重箱を差した。

その傍らであかべいが夕めしを食べ始めていた。

「うちできれいな水で洗うから大丈夫よ、もらっていくわ。それよりなにより大変なのは、火事で買いためてきた器の数々が焼けてしまったことよ。番頭さんは建物より皿、小鉢、どんぶり、花器《かき》などが燃えてなくなったことが大きいと嘆《なげ》いているわ」

「となるとうきよしょうじをよ、新築してもすぐには料理茶屋、開けないか」

「いいえ、深川の別邸に何代にもわたって集めた器があるから大丈夫よ。それより昇吉さん、お腹空いてないの」

「おりゃ、あとでいい。それよりお佳世さんに訊きたいことがある」

「なによ」

「うきよしょうじが火付けに遭った夕べ、料理茶屋でい組の若頭とおまえさん方の親父様とおっ母さんが会ったとお澄さんから聞いたけど、そいつは真のことだよね」

お佳世がお澄をちらりと見た。

「若頭のお父つぁんの江左衛門さんは風邪を引いて招きに応じられなかったことも承知している。この話、町奉行所の連中は承知のことか」

「いや、知らないはずだけどな」

と首を捻ったお佳世が、

「吉五郎さんが話したのなら、必ず私に伝えるはずよ」

「となると、その宵の話は、三人だけが承知で、お佳世さんも知らない話か」

昇吉が念押しした。

「まさか、あの夜にうちが火事に見舞われるなんて、だれも考えもしなかったわ。宵の集いを思い出したのは、何日も経ってからよ。だって、お父つぁん、おっ母さんの弔いから火事場の跡片づけ、あれこれとあったんだもの」

お佳世の言葉に頷いた昇吉が、

「若頭は、火事のあった宵に、若頭が料理茶屋にいたことを承知の役人がいてな、おれが火付けだと一時だが、疑われたと言っていたな」

「えっ、私、その話、知らないわ」

「そうか、知らなかったのか。となると、町奉行所の面々は、若頭が料理茶屋うきよしょうじに客として上がったと思ったかね」

分からない、という風にお佳世が首を横に振った。そして、

「ともかく、あの宵の話はお互いにしばらくお預けにしましょうと、い組でもう

ちでも考えたということよ」

「吉五郎さんはそのことでお佳世さんになにか話されたということはありませんかえ」

「ないわ、ただ」

と言ったお佳世が間を置いた。

「ただ、どうしたの、お姉ちゃん」

とお澄が昇吉に代わって質した。

「あの宵の話は、私は承知よ。途中からあの場に呼ばれたの」

「だと、思ったわ」

お澄の返答に頷いたお佳世が、

「あの宵、決まったことは、い組の吉五郎さんと私が一緒になることがまずひとつ。

そして、あの宵から一年後、黄道吉日《こうどうきちにち》を選んで祝言を挙げる。

仲人《なこうど》は、名主の喜多村彦右衛門様夫婦にい組とうちから願う。

ただし、私がい組に嫁に入るかどうかは、い組の総頭に、仲人を願う喜多村彦右衛門様を交えて改めて話し合いをなす、ということよ」

「お佳世さんはい組に嫁に行くことは嫌ですか」

昇吉が質した。

「そういうことじゃないの」

「じゃあ、お姉ちゃんがあの宵、返答を迷ったということではないの」

「お澄、吉五郎さんはい組の跡継ぎに決まっているわ。私も長女で婿《むこ》にどなたかに願ってうちに入ってもらうのがいちばんという考えが父と母の頭にあったと思うの。

だけど、おふたりさん、勘違いしないでよ。うちの両親は、い組の跡継ぎの吉五郎さんに婿に来てなんて、言えっこないわ。つまりね、このふたりの祝言が成り立つには、お澄、あなたの考えを訊く要があったの」

「わたしが婿さんを取るということ」

「そういうことよ」

「考えもしなかった」

お澄がぽつんと漏らしたが、どこか得心したところもあった。

昇吉は、お澄には別の考えがあるように見受けられた。

あかべいはとっくに夕めしを食して満足していた。

三人の間に沈黙があった。

昇吉は、この祝言話を阻《はば》む者がいたとしたら、だれであろうかと考えていた。

ひとつ考えられることは、い組と「うきよしょうじ」の両家の集いの夜に火付けがあったのは偶然ではない。あの宵の集いを承知していた者が料理茶屋にいなければ、ひと夜のうちの火付けなど無理だ。

「お佳世さん、吉五郎若頭と祝言を挙げることとは別に、お佳世さんを嫁に欲しい、婿に入ってもいいって、別口の話はなかったんでしょうか」

姉妹が昇吉の問いに顔を見合わせた。

「あったかどうか、亡くなったお父つぁんとおっ母さんしか知らないわ」

「あったと思うわ。だけどお父つぁんもおっ母さんもわたしたちの前で口にはしなかったわね」

姉と妹が言い合った。

「両替商の大坂屋ということはありませんかえ」

「あそこは跡継ぎの嫡男《ちゃくなん》がいるわよ」

「見合い話を甘味処でしつこくしたんでしたよね」

「跡継ぎの嫁にという話ではなくて、日本橋の南詰の老舗の倅さんとの見合い話よ」

「そうか、それにお佳世さんは、どんなことがあろうとい組の若頭と夫婦になるのですよね」

「い組の若頭が妙な探索方に選んだだけのことはあるわ。昇吉さん、結構、しつこいわね」

お佳世が言い、

(この線は桐油問屋に奉公した忠助の調べ待ちだな)

と昇吉は思った。

「で、どうです、お佳世さん、若頭とのことはどう考えておられます」

「昇吉、私は二股かけるような不実な女ではないわ。これで返答はいい」

お佳世の返事ににっこりと笑った昇吉が、

「若頭は幸せ者だ」

と言った。そして、

「最後にその宵にうきよしょうじに上がっていた客の名が知りたいんですがね」

と言い添えた。

二

昇吉の小舟にも中洲の浮島にも、大工の達二も桐油問屋の奉公人も姿を見せない日が何日も何日も続いた。そこで昼間は寝て、夜は伊勢町堀の堀留にある稲荷社から料理茶屋の屋根船を見張る日々を淡々と繰り返した。

また二日に一度は川向こうの湯屋に通った。

秋になったとはいえ、日中浮島の小屋で寝ている折りに汗を掻き、夜には稲荷社の床下だ。どう考えても清潔《せいけつ》な暮らしとはいえなかった。限られた衣服だが、褌など肌に直につける下着類は、毎日取り換えた。

それもこれも若頭が「好きに使え」と言って、財布ごと昇吉に預けてくれたからできることだ。五両二分ほど入っていた金子から綿入れなど古着、それに下着類、食い物代、湯屋代がおもな費えで一分二朱と銭を少々使っていた。

うきよしょうじの姉妹と会った翌日の夜、稲荷社の床下に入ってみると、なんと重箱弁当とあかべいのエサが小分けにしてふたつ添えられていた。

(ああ、お澄ちゃんはおれとあかべいの見張り所を突き止めたんだ)

と思い、屋根船を見た。

船の屋根に白い風車が挿してあった。なにか異変のあった折りは、赤色の風車を挿すとお澄が言っていたが、白い風車はなんの指示もなかった。ということは差し障りがないということだろうと、昇吉は受け止めた。そして、お澄が、

「夜の見張り場所を知っているわよ」

という意味合いで挿したと理解した。

弁当の包みを解くと、中から文が出てきた。

伊勢町堀の堀留の常夜灯の灯りが微《かす》かに稲荷社の赤い社に届いていた。だが、文を読めるほどの灯りではない。察せられたのは、昇吉が願った浮世小路の料理茶屋が焼失した宵の、うきよしょうじの客の名前を記したものだろうということだ。

「あかべい、お澄さんの文を読むのは明日だ、いいか、この弁当も、おまえのエサも明日の分だ。徹夜の見張りをやり通した朝に食べるぞ」

飼い犬として慣れた犬に言い聞かせて包み直した。

夜が更《ふ》けるにつれて寒さが募ってきた。

昇吉が綿入れを肩から掛けると、あかべいが綿入れの裾に乗って眠る体勢にな

った。

退屈にして根気のいる見張りが始まった。

昇吉は、有明行灯が点された屋根船を眺めつつ、自分と同じように見張りの御用を務めているはずの、日本橋南詰の御用聞き、八百蔵親分の手下たちの気配を探った。

昇吉が見張りを始めた当初、それは伊勢町堀を挟んだ向こう岸、本町三丁目裏河岸のしもた屋にあると思っていた。だが、縄張り内の界隈の見張り所は、十日間ほどで替えられ、今は伊勢堀の雲母橋の下にある荷船だと昇吉は見当をつけていた。

あちらは見張りに慣れた親分の手下がふたり組で御用を務めているはずだ。だが、見張りも半年を過ぎると、どうしてもだれてくる。八百蔵親分が見張り所を十日ごとに替えている曰くだ。

昇吉はひとりだ。だが、あかべいがいることでなんとか耐えられていた。

八つ（午前二時）の時鐘を聞いた昇吉は、ついうとうとと眠り込んだ。

どれほどの刻限が過ぎたか。

小さな吠え声をあかべいが上げて、昇吉は慌てて目を覚ました。

咄嗟に屋根船を見たが、変わりはありそうになかった。

(何ごともなかったか)

すると、屋根船の陰からひとつの人影が現れて堀留の石垣のそばから屋根船を振り返った。

黒の着流しの裾を後ろ帯にたくし上げ、黒布で顔を隠した形は、雲母橋下の荷船から常夜灯の陰になって見えなかった。

人影は、八百蔵親分の手下たちが雲母橋下の荷船から見張っていることを承知していた。だが、素人の昇吉が見張っていることは気づいていないのか、稲荷社の床下からその姿をとくと見ることができた。

瘦身で背丈は、昇吉と同じく六尺(約百八十二センチ)に近かった。動きは、夜の闇に隠れて巧妙だった。

(どこへ行きやがるか)

と息をつめてみていると、黒ずくめの男は、料理茶屋うきよしょうじの焼け跡に目を向けた。

うきよしょうじの焼け跡は、百数十坪の敷地に二階建ての店と住まいがあり、庭には火事があったというのにたっぷりと水をたたえた泉水があって、その岸辺に離れ屋があったそうな。燃えてしまった母屋と離れだが、敷地には庭石と庭木の黒松と老梅が数本残っていた。

母屋の店と住まいは平らに整地されていた。

昇吉は、どこに石造りの地下蔵があったのだろうかと見張りを始めて、幾たびも考えたが、未だ分からなかった。

町奉行所では焼失したうきよしょうじの敷地をできるだけ平らにして、地下蔵がどこにあったか、分からないようにしていた。この地下蔵には、残された料理茶屋の身内のお佳世もお澄も、番頭も近づくことを町奉行所から禁じられているという。

常夜灯の陰に潜んだ黒ずくめの男の視線の先を、目のいい昇吉も知ることができなかった。顔を動かしていると思えなかったが、目だけは、うきよしょうじの消えた母屋の建物を探っているように思えた。

伊勢町堀の水面《みなも》に魚でも跳《は》ねたか、ちゃぽんと音がした。

一瞬、昇吉はそちらに目を向けた。魚は常夜灯の灯りに向かって跳んだか。

昇吉が堀留の常夜灯の陰にいる黒ずくめの男に視線を戻したとき、男の影は消えていた。

（なんてこった）

昇吉は稲荷社の床下で体の向きを変えて中腰になって男の気配を探った。

なんと一瞬の間に消えたと思った黒ずくめの男は、うきよしょうじの焼け跡にひっそりと立っていた。

そのとき、雲母橋下の荷船にいた御用聞きの手下たちがその気配に気づいたか、荷船から出てきた。ひとりは突棒《つくぼう》を、もうひとりは御用提灯と十手を携《たずさ》えていた。

さすがにこちらも無言で本町三丁目裏河岸道を気配もなく走った。だが、夜気を揺らすのをやめるわけにはいかなかった。

昇吉は、焼け跡に立つ黒ずくめの男を眺めていた。すると男は御用聞きの見張りの動きに気づいて、ふわりと燃え残った松の木の陰に身を潜めた。

直後、御用聞きの手下が焼け跡に入っていった。

手下のひとりが携えた御用提灯の灯りがうきよしょうじの跡地を照らした。ふたりはがらんとした空地《あきち》をくまなく捜した。だが、どこへ消えたか、男を捕まえることはできなかったようで、罵《ののし》り声を吐き捨てたような仕草をした。

その動作からこの見張りの六月《むつき》、いや、七月《ななつき》の間に、幾たびかかようなことがあったのだと、昇吉は思った。

七つ（午前四時）の時鐘が鳴った。

御用聞きの手下たちは、すでに伊勢町堀の雲母橋下の荷船に戻っていた。

「あかべい、今晩の見張りは終わったぞ。お佳世さんやお澄さんの懸念が真だと分かっただけでも収穫があったな」

と言うと、稲荷社の裏手伊勢屋の裏路地に出た。そして日本橋と江戸橋の間の中河岸に泊めた小舟に乗り込むと早々に日本橋川を下り、箱崎川《はこざきがわ》に乗り入れてほっと安堵した。

「あかべい、朝ご飯は料理茶屋の料理人が拵《こしら》えたまかないめしですよ」

とお澄が届けた包みの傍らにいるあかべいを見た。

「今日は湯屋はなしだ。朝めしを食ったらお佳世さんとお澄さんの文を読むからな」

と言い添えると小舟を葦原の水路に突っ込んだ。

そのとき、昇吉はなんとはなしに人に見られているような気がした。

小舟を葦原で泊め、辺りを窺った。だが、もはや気配は感じられなかった。

「達兄いか、忠助が浮島に来ているかな」

昇吉が小舟を使っているのだ。だが、土地っ子のふたりならば、竈河岸辺りで一時どこぞの舟を無断で借用し、持ち主が気づかないうちに返す真似くらいはできた。

昇吉はしばし小舟を泊めたまま、さらに様子を窺っていたが、

「あかべい、おれの考え過ぎか」

と飼い犬に質すと、

「うおーん」

あかべいがひと声吠えた。

なんとでも考えられる吠え方だ。

「なんだ、おまえは朝めしが欲しいだけか」

あかべいに質しながら、

(そういえば、おまえの前の飼い主のうの字は、島流しになったかねえ。島ってところがどんなところか知らないが、料理茶屋の娘がまかないめしを届けるなんてことは考えられないか)

と昇吉は思った。

そんなことを胸の中で思いながらも辺りの気配を探ったが、怪しい気配は消え

ていた。いや、最初からなかったのか。

今晩、初めて料理茶屋うきよしょうじの火付けらしき影を見たことで昇吉は、過敏《かびん》になっているのかと思った。

しばらく葦原に泊めていた小舟を動かして葦原の中の池に出て、浮島の小屋を見た。格別に差し障りがあるようには思えなかった。

「よし、朝めしだぞ」

と小舟を浮島に寄せてまずあかべいが小舟から浮島に飛び上がり、浮島の一角で小便を長々とした。

昇吉は、お佳世さんとお澄さん姉妹の厚意《こうい》の弁当をまず小屋に入れた。

大川の向こう、東の空から日が上がってきた。

昇吉はあかべいの朝ご飯を縁の欠けたどんぶりに装った。すると香りを嗅《か》ぎつけたあかべいが飛んできた。

「おお、料理茶屋の夕べのまかないめしは、魚と野菜が盛りだくさんの鍋だったかね、美味そうな残り物がめしの上に掛かっているぞ」

どんぶりを差し出すとあかべいが顔をどんぶりに突っ込んだ。

それを見た昇吉は、あかべいが小便をした浮島の一角に行き、真似て小便をしながら辺りを見回したが、明るくなった葦原に怪しい気配はなかった。

昇吉もあかべいの傍らで朝めしを食しながら、お佳世の字と思える文を読んだ。

「昇吉様

わたしども店と住まいが火事で燃えた宵にうきよしょうじの客席、二階六間は、八畳間と控えの三畳間が五室、もう一室は最上間の十二畳と控えの間三畳です。この宵もすべてが埋まっておりました。

一、最上間には三井越後屋の大番頭四方木平右衛門《よもぎへいえもん》様の接待でお客人は町人六人。

二、上間には帳面問屋主藤野屋儀兵衛《ふじのやぎへえ》様の招待で公儀高家肝煎京極《こうけきもいりきょうごく》様方武家四人。

三、上間には数寄屋町《すきやちょう》京・糸物問屋山城屋作右衛門《やましろやさくえもん》様接待の客人、町人衆三人。

四、上間には富沢町古着総問屋巽屋《たつみや》大番頭の接待にて、在所の古着問屋五人。

五、上間には室町二丁目仏具問屋萬屋佐平《よろずやさへい》様接待にて東叡山寛永寺《とうえいざんかんえいじ》寺領一乗寺僧侶四人。

六、上間には料理茶屋うきよしょうじ主夫婦の招きにて一番組い組の若頭吉五郎様。

お客人の名をすべて調べるとなると、大変な手間になります」

いくつかの箇所だけ達者な男文字だ。この六組の客間に招いたお客の部分を認めたのはうきよしょうじの番頭伽耶蔵、とお佳世の手で記してあった。

この名のあるお客が招いた者たちの中に火付けをやりそうな者がいるとは、昇吉は到底信じられなかった。

お佳世の文は続いていた。

「この五組は、うちの常連のお客様ばかりで、昇吉さんが考える火付けがいるとは思えません」

と昇吉と同じ考えを認めていた。

「このうちの両親と若頭吉五郎さんを含めた六名の客人の詳細は南町奉行所の年《ねん》番方《ばんかた》与力古谷《ふるや》伊右衛門《いえもん》様がお持ちです。もし昇吉さんが詳しく調べたいというのであれば、そちらに訊くしか手立てはありません。されど」

とお佳世は昇吉の名を省《はぶ》いていたが、

「とても訊けませんね」

と決めつけていた。

「当然だよな。おりゃ、掏摸の仲間として町奉行所から追われている身だぜ」

昇吉はぼやいた。

文にはさらに続きがあった。

「うちの番頭が内緒にしていたことを話してくれました。

あの宵、もうひと組の客があったのです。というのも五番目のお客人、室町二丁目の仏具商の接待された座敷は、五つ（午後八時）時分に早々にお帰りになったのです。

番頭さんの推量では、あの俳諧《はいかい》の宗匠《そうしよう》のような形の客人はさるお寺の住職、うちに呼びつけた駕籠で、次に訪ねたのは吉原に間違いないそうな」

呆《あき》れた、と昇吉は思った。

（なんと坊主め、料理茶屋の接待のあと、吉原に河岸替えか）

と思った。

「さて、昇吉さん、ここからが厄介なの。この仏具問屋さんの座敷が空いたと同時に飛び込みのお客人があったの。うちではね、前もってご予約のお客様ばかりなのよ。

ところが一見《いちげん》のお客様は日本橋の南詰、箔屋町《はくやちょう》の笄《こうがい》、簪《かんざし》、煙管の雁首《がんくび》とか吸い口を扱う錺職《かざりしょく》一ノ木《いちのき》にございました。

うちのお馴染でない一ノ木の若旦那薗太郎《そのたろう》さんが申されるには、今宵はいささか急なお客様がございましてな、行きつけの百川さんに願いましたところ、いっぱいということで、こちらに参りましたと、若旦那自ら三人の客を伴ったそうで、番頭さんは習わしどおりに口利きのない一見の客はお断わりしようとは思ったそうですが、されど百川の名を挙げられたし、お互い同じ食い物稼業、お困りのときは相見互《あいみたが》いと座敷に上げたそうです。そんなわけで番頭さんたら、火事騒ぎもあってこの一見の客のことを奉行所に報告するのを忘れていたのです」

そこまで読んでどこが厄介か分からなかった。

(番頭さんだって、もうひと組客を取ると売り上げが上がるよな)

と昇吉は思った。

またひと晩見張りで夜明かしした目には、お佳世の女文字がなかなか読み切れず眠くなった。だが、なんとか最後まで読み終えた昇吉は、厄介の意味が分からないまま、文を手にして浮島の小屋の中で、ことんと眠り込んでしまった。

どれほど眠り込んだか。

あかべいの吠え声に昇吉は目を覚ました。すると舟が浮島に着けられた気配がして桐油問屋の奉公人忠助が狭い小屋に顔を見せた。

「何刻だ、忠助」

「八つ半時分だな」

「おりゃ、夜明かしだぞ、まだ眠いや」

「そう言うな、おれもお店の奉公人だ、自分の好きな折りに外に出られるわけじゃないんだ」

昇吉は大きな体を曲げて小屋の片側に起き上がった。

「なんぞ分かったか」

「両替町の大坂屋の一件か。日本橋南詰の小粋なお店の若旦那は、呉服町新道の小間物問屋三條屋《さんじょうや》の美濃助《みのすけ》さんだと思うぜ」

「待ってくんな。三條屋は下《くだ》り物とかよ、長崎口の異国の品を扱う小間物問屋だよな。どうしてあそこの若旦那がお佳世さんの婿になりたいんだ。あそこの店の跡継ぎだろうが」

「うーん、そこだ、昇吉」

「お佳世さんにひと目惚れしたか」

「こんどの一件はよ、惚れたはれたとは違う話と思わないか。こいつは金だ、利欲だぞ」

「三條屋の美濃吉さんは、うきよしょうじの財産目当てでお佳世さんの婿になろうというのか」

「呉服町新道界隈のおれの店と商い上の付き合いがあるお店の奉公人がさ、たしかな話じゃないと断わって話してくれたところによると、三條屋の当代、美濃吉の親父は中気《ちゆうき》で何年も前から寝込んでいてな、商いは美濃吉さんが仕切っているそうだ。

一方若旦那の美濃吉さんといえばよ、遊び人で恰好つけでな、商いには詳しくないんだと。で、中気で寝込んでいるという親父さんの代からの奉公人は、あまりのいい加減な商いにひとり辞めふたり辞めして、残った奉公人はやる気のない手代とか小僧ばかりだそうだ。商いもうまくいってないな、うちの店と商いのあるお店の奉公人が教えてくれたぜ」

「そんな若旦那を両替町の大坂屋の女将さんは、お佳世さんの婿に勧めようというのか、世間を甘くみてねえか」

「おお、い組の火消の兄さんにもそれくらい分かるか」

「馬鹿にするねえ、忠助。お佳世さんの婿はい組の若頭吉五郎で決まりだよ」

と昇吉が言い切った。

「ああ、お佳世さんにい組の吉五郎さんがついていなさるのなら、この話は考えなくていいぜ」

と忠助が言い切り、

「その文はなんだ」

と昇吉が手にしたお佳世の文を差した。

「おお、これか。読んでみねえ」

となんとか読みとおした文を受け取った忠助がすらすらと読み、

「昇吉、こりゃ、こっちが本命かね。箔屋町の錺職の品を扱う一ノ木もなかなかの店だぞ、火付けの夜にいきなり飛び込んできたというのがくさくないか」

「ああ、くさいな。錺職が作る品は高いんだよな、女衆の簪や笄、煙管の雁首とか財布とかの錺だろ、小さい物だが、高いと聞いたぞ」

「おお、一ノ木は、腕のいい錺職の職人を大勢抱えているって話だ。そんなお店の若旦那が飛び込みで、うきよしょうじに入ってきたかね。百川の馴染客ならば、百川が口利きしないか」

「おお、そうだな、浮世小路界隈の老舗同士ならば、飛び込みってことはないよな。よし、おれ、お佳世さんか番頭さんにその辺りの経緯を訊いてみるぜ」

「ならばよ、おれは箔屋町の一ノ木の若主人の面を見て、お店に帰るぜ」

と忠助が文を昇吉に返した。

「忠助、舟はどうしたえ」

「桐油問屋だって舟くらい持っているのさ。だけどな、ふだんはおれなんか新米手代に舟は使わせてはくれないんだが、今日はご贔屓《ひいき》に配達すると言ったら、使わせてくれたんだ」

と言った忠助が、

「昇吉、おまえの体から汗だかなんだかの臭いがするぞ。湯屋に行ってさっぱりしねえと、料理茶屋の姉と妹に嫌われるぞ」

「えっ、やっぱり臭うか。よし、湯屋に行ってよ、さっぱりしよう」

「それがいいな」

と忠助は、半分顔を小屋に覗かせた姿勢でうしろに下がり、桐油問屋の舟に乗り込んだ。

「おお、昇吉、いいもんを置いていこう。品を納めたお店でな、使い込んだ油紙を始末してくれと持たされたんだよ。まだこの油紙使えるぜ。冬もこの小屋で過ごすのなら、雨や雪の折り、助かるぞ」

と舟から浮島に油紙を何枚も上げた。

「おお、助かるな。だけどさ、冬までこの小屋で過ごすのか、おりゃ、い組にそろそろ戻りたいのだがな」

「事の決着がつかないうちは、昇吉のい組復帰はないな。おれは行くぜ」

幼馴染が言い残して舟を出した。

「達兄いはどうしているか、知らないか」

「親父さんといっしょの普請場でなかなか抜けてこられないそうだぞ」

と忠助が言い残して葦原に舟といっしょに姿を消した。昇吉は古びた油紙を小屋に持ち込んで、

「あかべい、川向こうの湯屋に行こうか。お澄ちゃんやお佳世さんに嫌われたくないもんな」

と話しかけると犬が尻尾を振った。

三

　夕暮れどき、七つ半時分か、昇吉が箱崎川の稲荷社の下に小舟を泊めていると、お佳世とお澄の姉妹が姿を見せた。お佳世はどてらを、お澄は風呂敷包みを持っていた。

　お澄は手にしていた弁当とあかべいの食い物を小舟の隅に置き、姉の持つどてらを摑むと小舟の隅に置いた。

　どうやら秋の夜は冷え込むので、うきよしょうじの屋根船の夜具を持ってきたらしい、むろん昇吉のためだ。

「幾たび見てもこの小舟、立派な出来よ。すごいわよ」

　とお佳世が言った。

　姉妹の気遣いを思いながら、

「お佳世さん、造ったんじゃないよ。ぼろ舟をさ、幼馴染の三人で修繕したんだよ。達兄いは親父が大工だからさ、道具の使い方は承知だ。古いけど未だ大川だって渡れるぜ」

「男の子ってこんな遊びが好きなんだ」

「ああ、若いうちはさ、みんなそうだよな。でも、実際にぼろ舟を修繕して乗れるようにしたのはおれたちだけだよ」

昇吉が威張ってみせた。

「そして、今も寝泊まりに使っているのは昇吉さんだけよね」

「お澄ちゃん、達二兄いは大工、忠助は桐油問屋二文字屋の奉公人、おれだけがい組火消でさ、鳶見習だ。そんで、いまはい組の御用屋敷にも顔出しできなくて、この小舟が頼りだ」

「昇吉さん、事情が事情ですもの、致し方ないわよ。それでなにか分かった」

「ああ、それだ。あのさ、予約なしにうきよしょうじに上がった一ノ木の店をさ、最前見てきたんだよ。しっかりとしたお店だよな。裏長屋生まれで火消のおれにはまるで縁のないお店だ。それでさ、若旦那の薗太郎さんって人を前の呉服屋の路地から見たけどさ、四十いくつかな、重箱のように四角ばった顔だぜ」

「えっ、昇吉さん、それは別のだれかと間違えたのよ。うちに初めてきた一ノ木の若旦那は、歳のころは二十五、六かな。ちょっと甘ったるい顔立ちのお人よ。結構、あちらこちらで遊んでいる感じね。世間には、あの形と姿に騙《だま》される娘さんがいると思うわ」

お佳世が言った。

「お佳世さん、おれな、通りがかりの飛脚屋の男衆に聞いたんだぜ、あの店前でお客さんと立ち話をしている人が一ノ木の若旦那かってね。そしたら」

「おお、一ノ木の若旦那の薗太郎さんだぞ、あの角ばった面のせいか嫁の来手がねえんだよ。なんだ、おめえは」

「いや、大したことじゃねえ、一ノ木の薗太郎さんの嫁になりてえってのが、おれの知り合いにいましてね、それで訊いたんです。ほかに倅さんはいませんかえ」

「いないよ、あとは嫁に行った娘さんがふたりだけだ。当代の親父さんが躍起《やっき》になって嫁探しをしているというが、薗太郎さんは仕事一筋なんだよ。錺職人とあれこれ言い合って、錺作りが楽しいとさ。つい先日もギヤマン玉簪ひとつの細工なんて、六十数両の高値で売れたとよ」

「そう一ノ木に出入りの飛脚屋が言ったんだぜ。おりゃ、こいつはおかしいと思ってよ、だれぞに話したかったのよ」

昇吉の言葉を聞いたお佳世の顔が引き攣《つ》った。

「うちに来た若旦那は別の御仁《ごじん》なの。だって番頭さんに、一ノ木の若旦那と名乗ったそうよ。それで三人の客は錺職人と言ったそうよ。それが贋者《にせもの》というの、どういうことよ、昇吉さん」

「お姉ちゃん、その人、初めてのうちに上がってなにしようとしたの。ただ、お酒呑んで話していっただけなの」

お澄は不安げな表情で姉に質した。

「お佳世さんはさ、火事のあった宵の客を自分の目で確かめたんだよな」

「私がお父つぁんに呼ばれて二階座敷に上がったとき、表の大階段から上がってきた一ノ木さん一行四人に会ったから、ちらりとだけで視線を合わせたわね」

「その若旦那はお佳世さんのことを承知なふうだったか」

昇吉の問いにお佳世は黙り込んで考え、首を横に振った。

「おかしかねえか」

昇吉は若旦那がお佳世を承知だからこそ、その夜のうちにうきよじょうじを燃やして、ふたりの姉妹の二親を殺したのではないかと思っていた。

「若旦那が連れていた他の三人は錺職人なんだろうか」

ふたたび考え込んだお佳世がこくりと頷き、

「昇吉さん、箔屋町の一ノ木さん、まだ店をやっているかしら。私の目で確かめたいわ、若旦那を」

と険しい顔で言った。

「ああ、楓川《もみじがわ》の新場橋《しんばばし》に行けばいいな。いま行けばなんとか間に合うと思うよ」

昇吉が手早く舫い綱を解くと小舟を出した。

「お佳世さんさ、他の三人だがよ、どんな風体だったえ」

「秋物の羽織に着流しだったわね。そういえば、職人衆の顔というより、やはり遊び人って感じかな」

「そうか、そりゃ、錺職人じゃねえな」

昇吉の言下の返答にお佳世はなにも答えなかった。崩橋を潜った小舟は、日本橋川を上り、江戸橋を間近に見ながら楓川に入った。

海賊橋《かいぞくばし》の次が新場橋だ。その先で小舟を河岸に着けた。

「お澄ちゃん、あかべいとしばらく小舟にいてくれないか。おれ、なにかあってもいけねえからさ、お佳世さんとは離れて見張っているからさ」

「頼んだわ」

とお澄が受けた。

「あかべい、留守をしているんだぞ。まいにち、美味しい食い物をもらってんだからな」

と言いながら小舟の艫下の隠し扉を開くと、鳶口を出して背の帯に差し込んだ。

姉と妹が黙って昇吉の動きを見ていた。

「お佳世さん、いくらなんでも一ノ木さんで騒ぎがあるとも思えないが、なんぞあったら叫んでくんな。おれが飛び出していくからよ」

昇吉の言葉にお佳世が頷いた。

十七歳だが、い組でも背丈はいちばんでかかった。姉妹には頼りになる昇吉が眼前にいた。

河岸道に上がったお佳世はぐんぐんと歩いて、榑正町《くれまさちよう》から箔屋町に入った。その中ほどに錺職一ノ木の店はあって小僧が店仕舞いの前に表を箒《ほうき》で掃いていた。

ちらりと後ろを振り返ったお佳世が道を挟んだ路地の口に身を入れようとした昇吉に頷くと一ノ木に入っていった。

小僧の掃除は終わった。

大戸は下ろされたがお佳世がいるために臆病窓《おくびようまど》のついた通用口は開けられたままだ。

お佳世はなかなかお店から出てこなかった。

四半刻も経ったころか、昇吉が飛脚屋から一ノ木の若旦那と教えられた人物に見送られてお佳世が姿を見せた。

幾たびも腰を折って若旦那に詫《わ》びたお佳世がゆっくりと榑正町に向かった。

昇吉は路地の暗がりから薗太郎の様子を見ていた。その様子は案じ顔でいつまでもお佳世を見送っていたが、首を幾たびか横に振り、店へと入った。そして、通用口が閉じられた。

昇吉は急いでお佳世のあとを追った。

そのとき、ひとつの影が箔屋町と榑正町の辻の陰から出てきて、お佳世に迫っていこうとした。

昇吉は咄嗟に駆け出した。その足音を聞いた影がもと来た横手の道に身を翻《ひるがえ》して駆け込んでいった。素早い動きは、素人ではないことを示していた。

お佳世は考えごとをしているのか、一瞬の駆け引きに気づいていなかった。

辻に立った昇吉の目にその男の影は消えていた。

（過日、うきよしょうじの焼け跡で見た黒ずくめの影の男ではないな）

と思った。

昇吉が本材木町四丁目の河岸道に戻ったとき、お佳世をお澄とあかべいが迎えた。急いで石段を下りた昇吉をかたい表情のお佳世が振り返った。

「昇吉さんの言ったことが正しかったわ。薗太郎さんは箔屋町の一ノ木には私しか跡継ぎはおりません、さような浮世小路の老舗料理茶屋で職人を接待するような者は、うちのお店と関わりがございません、とはっきり申されたわ」

お佳世の報告に頷いた昇吉が、

「一ノ木の若旦那の名を使った野郎に覚えはないかと訊かなかったかえ」

「訊いたわよ。若旦那はだいぶ考えておられたし、お店の番頭さんたちもいっしょに思案してくれたけど、最後には、覚えがないと」

「言われたか」

と応じた昇吉が、

「火事の宵、燃える前のうきよしょうじに上がった贋の薗太郎と三人の職人は、一ノ木のことをどこかで知っているはずだがな」

「どうしてそう言えるの。若旦那さんが嘘を吐《つ》いていると思うの」

お澄がふたりの問答に加わった。

「それはないわ、お澄」

と姉がはっきりと言い切った。

「おれもふたりといっしょの考えでさ、若旦那がほんとのことをお佳世さんに話したことに間違いないと思っている。だけど、おれが言いたいのは、若旦那薗太郎さんの名と身分を騙《かた》った野郎は、偶《たま》さか見た一ノ木の若旦那薗太郎さんの名を使ったとしても、なにかか細い糸の先につながりはないだろうかということだ」

お澄が昇吉を見た。

昇吉は小舟の舫いを解き、竹棹を手に楓川から日本橋川へと向けた。そして、河岸道を眺め上げた。

怪しい気配はなかった。

昇吉はお佳世を追っていった影の話をした。

姉妹がごくりと喉を鳴らし、お佳世が、

「そんなことが」

「あったんだ。間違いない、おれが何日か前の夜見た、うきよしょうじの跡地に立って何事か考えていた黒ずくめの男ではないな、別口だ」

「なんてことが」

とこんどはお澄が言った。

「やはりおれたちはな、この火付け騒ぎの大事ななにかを見落としているのだよ。そいつが分からないかぎり探索は進まない。だってよ、町奉行所の本職たちが半年以上も手を拱《こまぬ》いているんだぜ。

いいかえ、お佳世さん、お澄さん、決してこの火付けの下手人を忘れちゃならない。一時でも油断しちゃならない、命を失《な》くすことになるかもしれないからね、おまえ様方の親父様とおっ母さんのようにね。おれはなんとしてもそいつを食い止めたいんだ」

と昇吉が言い切った。

ふたりの姉妹は黙り込んで昇吉の言葉の意を考えている風だった。

昇吉は、日本橋川を横切ると伊勢町堀の堀留まで小舟を後ろ向きに乗り入れて、ふたりを降ろした。

「昇吉さんはうちのお父つぁんとおっ母さんの死に方をどう考えているの」

「お姉ちゃん、どう考えているって、炎に巻かれて死んだんじゃないの」

とお澄が昇吉に向けられた問いを先取りして言った。

「これは素人考えよ、そう思って聞いてくれないか。

なぜよ、半年以上も八百蔵親分の手下がうきよしょうじの焼け跡を見張っているんだ。たしかに火付けだが、火付けの野郎、最初からおまえさん方の親父様とおっ母さんを殺《あや》める心算だったんじゃないか。お佳世さんは、死に方をどう考えていると問いなさったが、おれの答えでいいのか」

「昇吉さん、お父つぁんとおっ母さんは炎にまかれて亡くなったんじゃない。最初から殺すつもりだったというの」

お佳世が昇吉を見た。

「おふたりさんには酷《こく》な考えだと思う。おれがこのひと月、あれこれと考えた末にたどり着いた答えよ」

「昇吉さん、うちの両親を殺める狙いが火付けにはあったと思う。といってお父つぁんとおっ母さんが恨まれる曰くは考えられないわ」

「おれもそこまでは考えてねえ。なんども言うようだが、この一件には肝心かなめのなにかが足りないんだ。おれたちは未だ摑んでないんだ。お澄ちゃん、嫌な話を聞かせてしまったが、もうしばらく辛抱して付き合ってくれないか」

と昇吉が妹に願った。

しばし瞑目していたお澄が頷き、小舟から河岸道に上がった。

「今晩も昇吉さんとあかべいが見張ってくれるのよね」

「ああ、案じないでいいぜ」

と昇吉が言い切った。

姉妹ふたりが屋根船に迎え入れられるまで昇吉は見ていた。ちらりとお澄が振り返るそぶりに昇吉は小舟を日本橋川の方角へと進めた。そして、芝河岸《しばがし》の大小の舟が舫われた間に小舟を割り込ませて、あかべいと夕餉を早々に食べると、背の腰帯から鳶口を抜いて小舟の艫下の隠し戸に戻そうとしたが、

（おりゃ、なにがあっても死ぬときは一番組い組の町火消の昇吉だ）

と考え、手元に置いておくことにした。

地引河岸《じびきがし》に二八そばの屋台が出ていた。だが、昇吉もあかべいもうきよしょうじのまかないめしを食して満腹だった。手拭いで頬被りをした昇吉は、綿入れを着てあかべいに小便をさせるために小舟を降りた。ついでに弁当とあかべいの器を魚河岸の溜め水で洗った。河岸道であかべいに用を足させ、日本橋を見上げた。

刻限は五つ（午後八時）時分だろう。

橋の上には大勢の人や駕籠が往来していたが、さすがに物売りはいなかった。

「あかべい、怪しげな火付け野郎が出てくるには刻限が早いや、舟に戻ってよ、一刻半《いっとき》（三時間）ばかり寝ないか」

とあかべいに話しかけ、小舟に戻った。

なにしろあかべいは掏摸のうの字の飼い犬だったことを二八そばだって知っていた。だから、用心に越したことはないと思ったのだ。

小舟の苫屋根の下で姉妹が置いていったどてらに包まり、眠った。

眠り込む前に、

（い組を離れてどれほどの日にちが経ったのか）

と思いながら眠り込んだ。

ふと半鐘の音で目が覚めて飛び起きた。

小舟から日本橋を見上げると、橋上からいつしか人影が消えていた。刻限は、夜半の九つに近いのか。

ぐっすりと眠り込んでいるようじゃ、火消は失格だぞ、と思いながらい組の纏や鳶口を持った火消の一団が橋の北から南詰に走っていくのに目を留めた。

総頭の江左衛門や若頭の吉五郎は、大勢の火消に囲まれて見分けることができなかった。

どうやら火事は、京橋《きょうばし》の方向かと小舟から出た昇吉は、仲間たちの姿が消えていくのを見送った。

(あかべいよ、おれだってあの仲間のひとりなんだぜ。だけど今のままじゃ、あの仲間に戻れないよな)

と思いながら、

「よし、おれたちは見張り仕事だぞ」

と小舟からあかべいを連れ出し、がらんとした魚河岸を抜けると稲荷社の床下に潜り込んだ。

「料理茶屋うきよしょうじ」

と屋根船の障子に船の中の行灯の灯りを浮かび上がらせていた。

男衆たちが半鐘の音に目を覚まして、火事場がどこか気にしている様子があった。番頭の伽耶蔵の小太りの姿が河岸道に立っていた。

「火事は日本橋の南ですかな」

という番頭の独り言も聞こえてきた。

お佳世とお澄の姉妹は、火事は橋向こうと半鐘の音で推量したか、屋根船の部屋に残っているようだった。

屋根船の軒下には白い風車が夜風に回っていた。

昇吉は西河岸の御用聞き八百蔵の手下が今晩はどこにいるかと稲荷社からあちらこちらと視線を凝らしたが、どこにも気配は察せられなかった。火事場に駆けつけて、こちらは不在と思われた。

(火事場はどこだろうな)

と思ったとき、料理茶屋の若い衆が屋根船に戻ってきた。

「番頭さん、三十間堀町《さんじつけんぼりちょう》界隈のようです、もう火は消し止められたそうです。縄張り外のい組の面々は、帰り仕度をしていましたよ」

「火付けじゃありますまいな」

自分の店が火付けに遭って焼失したのだ、番頭はそのことを気にかけた。

「それは未だなんとも」

「いえませんか。ならば明日もある。寝ましょうかな」

と料理茶屋の男衆が屋根船へと入り、そのうち行灯の灯りが消えていった。

四

急に伊勢町堀界隈が静かになった。

昇吉は後ろ帯の鳶口の柄《え》にさわると、

「あかべい、留守番ができるな」

と訊いた。が、あかべいはすでに横になったままだ。

「おりゃさ、うきよしょうじの焼け跡を見てくらあ」

昇吉の言葉にあかべいが顔を上げて、

(馬鹿な真似はするな)

というふうに見た。

「いや、なんぞ風を起こさないと、火付けどもが姿を見せねえや。おれもよ、ただ稲荷社の床下から見張っているのに飽《あ》きたぜ」

と言い残すと、稲荷社の床下から這い出て暗がり伝いに室町と駿河町の辻に出た。

がらんとして人影のない大通りから日本橋の方角を見ていると、町火消一番組い組の纏を先頭に仲間たちが戻ってくる気配があった。

(くそっ、いいな)

昇吉は暗がりに身を潜めた。

(なんてこった、おりゃ、仲間の目を避けているのか)

と思っていると粛然《しゅくぜん》とした隊列のい組の面々五百人余りが姿を見せた。

纏の傍らにい組総頭五代目と若頭のふたりがいた。

昇吉は仲間たちが通り過ぎるのを黙然と見ているしか手はなかった。

室町通からい組が消えて、昇吉は立ち上がった。

暗がりを伝い、本町三丁目との辻にある自身番屋の気配を窺い、番太が眠っている気配に東に曲がり、名主の喜多村家の裏手に抜ける犬猫小路に入り込んだ。

昇吉ら裏長屋の子どもにとって路地が狭ければ狭いほど、遊び場として面白かった。

過日、達二の普請場に潜り込んだとき、久しぶりに犬猫小路を使った。この路地を使い、浮世小路に出た。

料理茶屋うきよしょうじの焼け跡は右手にあった。

(どうしたものか)

昇吉は火付けよりも先に焼け跡の松の木の陰に潜んでいたかった。すでに火付けが焼け跡にいるとしたら、厄介だ。しばらく犬猫小路の暗がりで思案していると、なんと喜多村家の裏戸が開かれ、黒ずくめの男が姿を見せたではないか。

(いつぞや喜多村家の火の見台に人の気配を感じたが、あいつ、火の見台からうきよしょうじの焼け跡を窺って御用聞きの手下たちの油断を見透かして入り込んでいやがったか)

と昇吉は思い当たった。

となると、おれはどうすればいい、と一瞬迷ったが、暗がりに立ち上がった昇吉は、黒ずくめの男が出てきた喜多村家の裏戸を押してみた。すると、内側へと開かれた。

よし、と自分を鼓舞《こぶ》した昇吉は内側から心張棒をかけて裏戸を閉めた。これで黒ずくめが喜多村家に入り込もうとしても入れない。

(かって知ったる名主の敷地だ)

味噌蔵に向かうと二階建ての石造りの蔵の壁に取りつけられた梯子段をするすると上った。

火の見台に煙草を吸ったにおいがしていた。そして、黒ずくめは戻ってくるつもりか凝った莨入れを残していた。

なんと黒ずくめは煙草を吸いやがるか、それにしても大胆不敵な火付けだった。

名主の火の見台を勝手きままに使ってやがる。

昇吉は火の見台に這い上がるとうきよしょうじの焼け跡を眺め下ろした。黒ずくめの男が焼け跡を間隔《かんかく》でも測るように、同じ歩幅で幾たびも往来していた。その動きはこれまで幾たびも行ってきた動作と思えた。

(やはりこの黒ずくめの男、未だうきよしょうじの焼け跡にいたく関心を持ってやがる)

お佳世とお澄の両親は、この黒ずくめの男に狙われていたのか。

ふいに男が動きを止めて、火の見台を見上げた。

一瞬の動きだった。

だが、昇吉も火の見台の床に寝そべっていた。ゆえに見られる心配はないと思ったが、後ろ下がりに火の見台を下りて梯子段に取りついた。そして、裏木戸の心張棒をそのままに昇吉は庭石と庭木の一角に身を隠した。

息を殺して待った。

あいつと対決するには昇吉は未だなにも知らないと思った。

犬猫小路に人の気配がした。が、木戸が開けられることはなかった。

(こちらの様子を窺っている)

と思った。

こうなればお互い我慢比べだ。

四半刻が過ぎた。

八つの時鐘が鳴り響いた。

本石町の鐘撞堂の鐘だ。

昇吉はひたすら気配を消して待った。

半刻《はんとき》(一時間)が、一刻(二時間)が過ぎて江戸の人々が起きる刻限が迫った。

馬喰町《ばくろちよう》など公事宿《くじやど》や木賃宿《きちんやど》が軒を連ねる界隈から七つ発《だ》ちする旅人が動き出し日本橋から旅先へと向かう。

もはや黒ずくめの男が喜多村家の火の見台に戻ってこないのははっきりしていた。

となると昇吉もまた喜多村家から抜け出すことを考えるときだ。

木戸の心張棒はかけてある、あのままにして敷地の外に抜け出すには高い築地《ついじ》塀《べい》を乗り越えるしかない。

幸いなことに大きな松の木の根元にいた昇吉は、長い手足を使って松の木を登り、築地塀に足をかけて犬猫小路へと飛び降りた。火消にして鳶には大した技ではない。

狭い小路の地面にしゃがんで前後の気配を探った。

黒ずくめの男は、一度は火の見台に戻ろうと考えていたと思えた。莨入れが置いてあるのを見れば分かった。

だが、男は火の見台に潜む昇吉の気配を感じて戻ることはしなかった。とはいえ、相手が昇吉と知っているとは到底思えなかった。今晩は、お互いが手控えたので何事も起こらなかった。

(明日、莨入れを取りに来たとき、仕掛けてみるか)

と考えながら暗がりを伝い、魚河岸から稲荷社に戻った昇吉をあかべいが尻尾を振って迎えた。

中洲の浮島の小屋に戻った昇吉は、弁当の残りをあかべいといっしょに食べた。

「あかべい、川向こうの湯屋に行こう。あまり汚いとお澄さんに嫌われるからな」

あかべいに、いや、自分に言い聞かせて湯の仕度をした。新しい下着をひと組と湯銭を持った。

中洲から大川の本流の動きを見ながら流れに出た。まだ六つ（午前六時）前の刻限だろう。

猪牙舟《ちょきぶね》や屋根船、それに筏の姿はなかった。

昇吉は櫓をゆったりと漕ぎ、湯屋のある仙台堀に入れた。

一番風呂を堪能《たんのう》した昇吉は、川風に吹かれながら大川を横切り、箱崎川の稲荷社に泊めた。

この稲荷社をこれまで幾たびか集いに利用した昇吉は、ふたりの姉妹との連絡場所も稲荷社と定めていた。

だが、昨日の今日だ、連絡などあるまいと思っていたが、結び文が社殿の奥に突っ込まれてあった。

「なにか起こったのか、えらく早くないか」

文には、深夜三十間堀の火事で寝そびれたせいもあり、お佳世が番頭と話し合い、仙台堀の深川蛤町飛地の別邸に妹を伴い、三日ほど用事で行ってくると書いてあった。

昇吉と姉妹は同じ仙台堀を訪ねていたが、どこかですれ違ったらしい。なにか進展があってのことならばいいのに、と昇吉は思った。

　小舟を中洲に向けると浜町堀の河口に架かる川口橋で道具箱を足元に置いた達二が昇吉を待っていた。

「達兄い、なにかうまい話はないか」

「あるわけないだろう。棟梁と親父の下でよ、葭町《よしちょう》の中村座《なかむらざ》座頭《ざがしら》の家のさ、改装だ。材もよければ普請もいいや、ふだんの普請場と違い、親父のこうるさいこともなかったらたまらないぜ。職人で口うるさいのは嫌がられるんだがな、それが親父ときてやがる」

　とぼやいた達二が、

「昇吉、未だい組に帰れそうにないか」

「ないな、昨夜さ、三十間堀で火事があったろ。い組も出番だ、おりゃ、行き帰りのい組の一行を見たがよ、涙が流れそうになったぜ。こちらは暗がりに隠れてよ、総頭や若頭、纏持を見てんだ。おれもあの中にいられたらな、とつくづく思ったぜ」

「昇吉、若頭の気持ちやお佳世さんやお澄さんの気持ちを思い出せ。火付けをとっ捕まえる覚悟はどうした」

「それだよ、なんの変わりもないもんな」

と言いかけた昇吉が言葉を不意に止めた。

「どうしたよ」

「達兄い、名主の喜多村家のさ、火の見台にもう上がれねえか」

「うむ、あそこの仕事は終わったぞ」

「そうじゃねえよ」

昨夜喜多村家で見聞し、体験したことを口早に告げた。

「なんだと、火付けの野郎、あの火の見台からうきよしょうじの跡地を見て、入り込みやがるか。そんで、おめえも火の見台に上がったってか。なんてこった」

と動じた風の達二が、

「おりゃよ、喜多村家に入る手立てが犬猫小路とは別にあらあ。よし、おれが働きに出る前に火の見台に上がり、莨入れを取ってこよう。ひょっとしたら身許《みもと》が分かるかもしれないぜ、仕事が終わり次第、小屋に顔を出すぞ」

と言い残した達二が道具箱を担いで川口橋から浜町堀を上がっていった。

空を見ると雨が降りそうな雲行きだ。

昇吉は弁当の空箱を中洲の水で洗いながら、

「この二、三日、弁当なしだぞ。お佳世さんもお澄ちゃんも仙台堀の別邸だってよ。どこにあるのかね、あかべい」

と話しかけた。

あかべいは昇吉の独り言に慣れたか、浮島の一角に寝そべって昇吉を見ていた。

「よし、こんどは雨対策だ」

と忠助が持ってきた使い込んだ桐油紙を小屋の葦葺きの上に丁寧に張る作業に取りかかった。

小舟の屋根に張った残りの油紙が、かなりの数残っていた。ために小屋を造った折りのことを思い出しながら十分に張り終えた。少々の雨ならばなんとか雨が漏ることもあるまいと思った。

「よし、あかべい、夕方まで眠るぞ」

と横になった途端、こてんと眠りについた。

どれほど寝たか、あかべいが、くんくん鳴いているのに目を覚ました。

「どうしたよ、小便なら行ってこい」

とどてらの下から言ったとき、桐油を塗った紙に雨が当たる音に気づいた。

「なに、雨で外に出られねえんじゃないよな」

と言いながら小屋から出て、雨脚を見た。それほどの雨ではない。小舟の屋根を見ると油紙が濡れていた。

あかべいといっしょに浮島から小便をした。ふたたび小屋に戻ると、だんだん雨が強くなって本降りに変わった。

「お、風も吹いてやがる。だがな、おれたちは葦原にいるんだ。風も雨も葦が弱めてくれらあ」

と自分に言い聞かせながら、横になった。

刻限は七つ（午後四時）時分か。

雨音を聞きながら、達二や忠助といっしょに住んでいた裏長屋で雨が板屋根を叩く音を思い出した。夜中の雨は、不安な気持ちにさせたな、と思った。

「あかべいは油紙の屋根に当たる雨の音を知らないか、うの字とどこで寝ていたんだ。日本橋界隈の橋下に暮らしていたんだろ」

と話しかけたがあかべいはどてらの上に丸まって眠っていた。

「雨が長く降り続くとなると、どうしたものかね」

と言いながら眠ろうとしたとき、口笛の音が河岸道からした。

「うん、この口笛は達兄いだぞ」

（そうか、雨で早仕舞いをしたか）

と考え、どてらの下から飛び出すと小舟に飛び乗り、葦原に舳先を突っ込ませた。破れ笠を被った達二が河岸道の下にいた。

小舟を着けると、

「くそ、だんだん本降りになってきたがったぞ」

と苫屋根の中に達二が飛び込んできた。

「達兄い、案じなくてもいいぜ、小屋の屋根は忠助からもらった古い桐油紙が張ってあらあ、小屋の中に雨が漏ることはないぞ」

「うむ、舟にも張ったか」

と苫屋根を内側から眺めた。

「だんだん妙な舟になってくるな」

昇吉は雨を避けて中洲の小屋に戻った。

「おうおう、油紙が雨よけな、なかなかの細工だぞ。昇吉、この小舟で商いをする道を考えないか」

「い組に戻るなってか」

「おお、あかべいとふたりでよ、楽しそうじゃないか」

「やめてくんな、おりゃ、戻る先があるからよ、我慢できんだよ」

「昇吉、おまえがい組に戻ったと考えてみな、あかべいをどうするんだよ」

「うむ、そいつは考えなかったな。あかべいか、おまえ、どうするよ」

達二が小屋に入っても目も開けなかったあかべいが昇吉を見た。

(そのことを考えるのはおまえだって)

という顔つきだ。

「そうか、おれがい組に戻るとおまえは野良犬になるか。い組じゃ犬は飼ってくれまいな」

しばし思案して、

「この差し障りは、あとで考えようか。あかべい、おまえを野良なんぞにしないから安心しな」

と話しかけた。

「昇吉、これを見な」

達二が莨入れを懐から出してみせた。

「おれがな、十軒店《じっけんだな》の煙草屋の番頭に見せたと思いな。番頭が莨入れを手に取ってよ、

『達二、こいつをどうした。こいつはよ、古木綿散縫提莨入《こもめんちらしぬいさげ》れといってな、おまえみたいな新米大工が持つもんじゃないよ。前金具は金の風神内職彫り、裏金具も金の雲母子彫り、根付は象牙《ぞうげ》で、表裏の金具も根付も名のある職人の仕事だ。こいつを作らせるとなると何年も待った上に、お代は何十両もしようという莨入れだ、ただし、煙管がないや、どうしたよ』

と言うもんだから、番頭から慌てて取り戻してよ、『番頭さん、こいつには曰くがあるんだよ』と言い残してこっちに来たんだよ。昇吉、そやつ、ただ者じゃねえぞ」

「そいつは分かっているって。火付けならば、金子を持ってねえともかぎらねえか、それとも火付けをした先で盗んできた品かもしれねえな」

「どうする、その品」

と達二が昇吉に質した。

「おれがどうするか思案するからさ、貸してくれないか」

「おまえが最初に見つけたんだ、ほれ」

達二が渡してくれた。受け取った昇吉が、

「お佳世さんとお澄さんは仙台堀のうきよしょうじの別邸に二、三日行ったんだよ」

「別邸な、おれのうちに別邸がありゃ、おれも行きてえよ。別邸の修繕はしても本宅が長屋じゃな」

「達兄ぃ、あの姉と妹が別邸に行ったのはよ、なんとなくだが町奉行所の命じゃないかと思うんだが、兄ぃはどう思う」

「うむ、そうか、お佳世さんとお澄さんは奉行所の命で動かされているか。つまりは火付けを釣り出すためだよな」

「そうか、火付けを釣り出すためか」

と昇吉は達二の言葉に思いついた。

「ああ、おれたちがさ、知らないことがいっぱいあるよな。うきよしょうじの火付けとふたりのお父つぁんとおっ母さんが身罷った裏にはよ。お澄さんはまだ幼いからさ、知らないかもしれないが、お佳世さんはさ、町奉行所の役人とか八百蔵親分とつねにつなぎをつけて動いていると思わないか」

「待ってくんな。そうするとよ、お佳世さんはおれたちのことも奉行所に話しているると思うのか、達兄ぃ」

しばし間を置いた達二が、

「おれはそう見ているね」

「となるとおれの役目はどういうことだ」

「役目な、奉行所の魂胆は分からねえが、おまえはい組の若頭のためにこの役を引き受けたんだろうが。奉行所がおめえのことを知っていようが知らなかろうが、最後までその線で動くんだな。おれと忠助は、その手伝いだ」

「分かった」

「おれは帰るぜ」

いつの間にか雨はやんでいた。

昇吉はふところに莨入れを入れ、鳶口を腰に差し、あかべいも小舟に乗せて、河岸道まで達二を送っていった。

「素人のおれの勘だがよ、この一件、なんとなく動きがあると思わねえか」

「達兄い、肝心かなめのことをおれたちは知らないよな、それでも動きがあるか」

「ああ、もしかしたら、その莨入れがかなめかもしれないぜ」

「どういうことだ、兄い」

「思いつきよ、おりゃ、帰るぜ」

達二が河岸道から姿を消した。

その姿を見送っていた昇吉は、

「あかべい、おれたちもよ、もう一度仙台堀に戻るぜ。お佳世さんとお澄さんのいねえうきよしょうじの屋根船を見張ってもしようがないもんな」

と話しかけると、小舟を大川の流れに向けた。

雨が上がった箱崎川界隈はいつもより真っ暗だった。

第四章　二百年の秘密

一

浮世小路の料理茶屋、加賀屋うきよしょうじの別邸は、仙台堀の東端、深川蛤町飛地の小川橋《おがわばし》際と、昇吉は聞いていた。

飛び込みで入り、なんどか通ってきた湯屋は、仙台堀といっても大川左岸との合流部近くで蛤町飛地とはかなり離れている。仙台堀の東側には久しく行ったことがなかったが、およその見当はついた。仙台堀の川口から上之橋《かみのはし》、海辺橋《うみべばし》と潜って二丁（約二百二十メートル）余り、寺町が連なる北側に深川蛤町飛地はあった。

仙台堀の東側に名の知らぬ堀の口があって小川橋が架かっていた。

深川蛤町飛地は、小川橋を挟んでふたつが対面している。

昇吉は、その場には泊めることなく木場に向かって進んだ。

「あかべい、おまえはこの界隈、初めてだろう。達兄いと忠助がまだ奉公しなかったころよ、この小舟に乗って江戸から遠出してきたもんだ。だからさ、おれは覚えているのさ」

と独り言を言うように苫屋根の下のあかべいに話しかけていた。

そうしながら、仙台堀の東端に架かる亀久橋《かめひさばし》を潜り、江戸の内海方向に向かって南に曲がった。

この界隈は右手が町屋で深川大和町《やまとちよう》、左手には長門萩藩毛利《ながとはぎはんもうり》家の町屋敷が占めていた。四丁（約四百四十メートル）ほど進んで右手から合流する、こちらも名も知らない堀に曲がった。

仙台堀の南側を並行する堀を七丁（約七百六十メートル）ほど進むと、堀は丁字に左右に分かれていた。

昇吉は迷いなく右手に折れて、二十数間（四十数メートル）先に口を開けた堀に架かる江川橋に小舟を突っ込んだ。

「あかべい、おりゃよ、この界隈はあまり覚えてねえが、この堀はよ、寺町がほれ、左手に連なっているだろ。となると最前の小川橋が架かる深川蛤町の飛地に出ると睨んだね。堀幅が広かったり狭かったりしてよ、進むとよ、お澄ちゃんが暮らす別邸近くに出るぜ」

と小声で話しかけながら進むと常夜灯に小川橋が見えてきた。

「よし、この寺の船着場に小舟を舫うぜ」

昇吉は小舟を着けた。

辺りを窺った。

まだ宵の口のせいか、あるいは加賀屋の姉妹が別邸に移ったことを火付けどもが知らないせいか、小川橋界隈にあるはずの別邸を見張る、

「眼」

はないように思えた。それでも昇吉は用心して小舟を泊めたまま、あかべいが寝る屋根の下に入った。

船着場は、寺領の共有のものらしい。

何艘かの猪牙舟や屋根船が泊まっていた。どれも無人だった。

四半刻、昇吉とあかべいは小舟の苫屋根の下に潜んでいた。堀の前の土地もどうやら寺領らしい。そちらの河岸道に二八そばの担ぎ商いがやってきて、仕度を

始めた。

昇吉は舫い綱を解いて寺町の船着場からそば屋が商いをする河岸道に小舟を移した。

「あかべい、ちょっと待っていろよ」

昇吉は用心のために手拭いで頬被りをして、腰帯に鳶口を突っ込んだ。そして、若頭の財布から小銭を出して手に握り、河岸道に上がった。

そば屋は足の悪い小男だった。

「もう仕度はできたかえ」

そば屋が昇吉を見上げた。

「ああ」

「ならば一杯頼まあ」

と初めてのそば屋に十六文を先に渡した。そんな昇吉の仕草に、

「おめえさん、この界隈の人じゃねえな」

とそば屋のしわがれ声が言った。煙草吸いだと声から判断した。

「おお、川向こうから用事できたんだが、相手先の家が見つけられなくて明日出直すかと考えているとこだ」

「ふーん、どこが訪ね先だ」

と客商売のそば屋が問うた。

「浮世小路の料理茶屋、加賀屋さんの別邸だよ」

「たしか半年以上も前、火事で燃えたお店だよな、主の七兵衛さんとお香さんが焼け死んだんじゃないか」

「おお、承知かえ」

「七兵衛さんはよ、八幡宮《はちまんぐう》や永代寺《えいたいじ》の祭礼や仏事《ぶつじ》には必ず多額の金子を寄進《きしん》されるお方でな、この界隈の住人ならだれも承知よ。身罷ったと聞いた永代寺でさ、喪主もいないのにこの界隈の住人が法会《ほうえ》をやったぜ」

「そうか、お佳世さんとお澄さんの親父さんとお袋さんは慕《した》われていたか」

「おお、加賀藩とゆかりの先祖がうきよしょうじを立ち上げたんだよな。加賀屋の別邸はよ、ほれ、堀向こうの寺町、恵然寺《えねんじ》と正覚寺《しょうがくじ》に囲まれた蛤町の西側の塀と仙台堀とこの堀に四方が囲まれた土地だぞ。兄さんは、あの広い別邸が見つけられないってか」

「まさか、石垣の上に土塀を巡らせたところがうきよしょうじの別邸か。おりゃ、もっと小さなところかと思ったぜ。助かった、そばを食ったら、訪ねてみよう」

と応じるところにそばができた。

昇吉はつるつるそばを啜りながら、

「おやじさん、ゆでたたまごをふたつくれないか、そいつは持って帰るぜ」

と教えてくれた代わりにゆでたまごを買って銭を払った。

小舟に帰り、

「あかべい、みやげだぞ。ちょっと待っていろ」

と苫屋根の下に入ると、早速《さっそく》たまごを剥《む》いてあかべいに与えた。

そうしておいて仙台堀北側に小舟を移動させようとした。小川橋を潜って仙台堀の一角に何艘もの荷船がごちゃごちゃと舫われた船着場があったのを最前目に留めていた。

小舟を荷船の間に舫うと荷船の陰に隠れた。そこからうきよしょうじの別邸の塀と門が見えた。

「あかべい、見ろよ。お澄ちゃんの深川の別邸はなかなかのもんだぜ。加賀から出てきてよ、よほど働いたのかね、お佳世さんとお澄ちゃんの先祖はよ。紺屋町裏の裏長屋育ちの昇吉とは、えれえ違いだぞ」

とぼそぼそ言いながら、昇吉もゆでたまごを食った。あかべいはすでに食って、昇吉が食べるのを見ていた。

「あかべい、うの字といっしょにいるときはよ、なにを食わされていたんだよ。このたまごはおれの食い分だ」

と言いながらたまごを食い終えた。

そのあいだも昇吉は、加賀屋の別邸とその界隈を見張った。やはりいまのところ八百蔵親分の手下も火付け一味もいる気配はなかった。

（さあて、どうしたものか）

しばらくこの場所から様子を窺うことにした。

夜が深まると水辺のことだ、寒くなった。

あかべいといっしょにどてらを被り、お佳世さんとお澄ちゃんはすでに寝ているだろうな、と思いながら昇吉は、加賀屋の別邸を見守り続けた。

浮世小路の加賀屋を巡る一連の騒ぎの肝心かなめのこととは何だろうと考え続けた。

（この昇吉が知らないなにか、奇妙な屋号の加賀屋にあるのか）

それにしても火付け一味が半年もの間、うきよしょうじの跡地で探り続けているのはなぜだろうと、改めて考えた。

大川を挟んで深川の地に離れたせいで、改めて謎の動きが気になった。

(待てよ、この別邸の広さはなんだ)

別邸なんて言葉には縁のない昇吉だが、浮世小路の料理茶屋といい、深川蛤町の飛地の別邸といい、想像した以上の広さが気にかかった。

先祖が働き者だったかもしれないが、ただの料理茶屋の儲けで得られたものだろうか。ということはお佳世さんとお澄ちゃんの先祖が「悪行《あくぎょう》」を働いて得たものか、そんなことを漫然《まんぜん》と考えた。

七兵衛さんは、富岡八幡宮の祭礼などには気前よく寄進したとそば屋が言ったことを思い出し、お佳世さんやお澄ちゃんの先祖が悪いことをする人とは考えられないと、思いつきを否定した。

いつの間にか時が流れていた。どこから撞かれる鐘か、四つを告げた。

仙台堀に面した加賀屋別邸の表門の出入りはなかった。あまりにも広すぎる別邸から表には人の気配がしなかった。

(裏長屋ならば何十棟、いや、何百棟も建つぞ)

と昇吉は思いながら、

「あかべい、寺ふたつに囲まれたお澄ちゃんの別邸とやらを外からでいいや、見に行かないか」

と誘うとあかべいも退屈していたか、小舟の胴ノ間に立ち上がった。

昇吉は小舟を小川橋の東詰に移して橋下に泊めた。

最前、そばを食った二八そば屋は別の場所に移動したか、灯りは見えなかった。

辺りに人影はなかった。

それだけに用心して橋を渡り、臨済宗三聖山《りんざいしゅうさんせいざん》恵然寺の閉じられた山門の脇門を押してみると、すっ、と開いた。東西に長い寺の敷地の直ぐ右手に加賀屋の別邸は接していた。

「おい、寺とさ、別邸の塀はひとつなのか」

と独り言を漏らしながら寺の築地塀に近寄った。

仲秋《ちゅうしゅう》の十四夜の月明かりがなければ、とても歩けなかった。だが、あかべいが昇吉の気持ちを察したように加賀屋うきよしょうじの別邸の境の築地塀に連れていった。

「寺からお澄ちゃんの別邸が覗けるかな」

大きな石が築地塀の内側に置かれてあるのを見て、

「あかべい、待っておれ」

とよじ登った。

石の上から築地塀は近い。上体を塀に持たせかけて別邸の裏庭を覗くと、月明かりに平屋建ての大きな別邸が見えた。一見、歳月を経《へ》た屋敷だ。だが、その歳月が屋敷に重みを加えていた。

別邸の住人はすべて眠り込んでいるように思えた。

「おい、あかべい、お澄ちゃんや、お佳世さんに会うのはひと苦労だぞ」

と呟《つぶや》きながら寺の築地塀から上体を乗り出して塀下を覗くと、別邸と恵然寺の間には、昇吉が見逃した幅半間（約九十一センチ）の路地が通っていた。

「おい、あかべい、寺の表に戻るぞ」

あかべいに言いながら庭石に下りようとしたとき、裏門でも開けたような音がした。慌てて覗くと寺と別邸の間を抜ける路地に加賀屋の裏木戸があって、だれかが出入りしたようだった。

「こりゃ、川向こうの浮世小路とは違い、厄介なほど広いぞ、大坂屋の女将さんがよ、加賀屋に目をつけるはずだぜ」

と漏らした昇吉は庭石を下りて、あかべいを従え、恵然寺の門外に出て、寺と別邸の間を抜ける路地の入り口を探った。

あかべいが百日紅《さるすべり》の木の立つところに路地の出入り口を見つけた。

「深川と聞いたからよ、ざっかけないしもた屋かと思ったらよ、えらいところに来てしまったな。ほんとうにお佳世さんとお澄ちゃん姉妹のさ、深川の家かね」

とぼやきながら、あかべいに導かれるように築地塀と築地塀の間を西に向かって二十間（約三十六メートル）ほど進むと、たしかに別邸の裏戸が築地塀に切り込まれてあった。

昇吉は静かに手をかけてみたが、裏戸はきっちりと閉じられていた。さらに西に向かうと、路地は仙台堀に向かって鉤の手に曲がり、正覚寺の東側の塀が別邸の塀と向き合っていた。そして、そのすぐ先に仙台堀の河岸道が見えた。

「ふーうっ、こりゃ、大変なとこだぜ」

昇吉は河岸道を小川橋に向かった。

その途中に加賀屋別邸の渋い表門があった。

小川橋に提灯の灯りが見えた。

昇吉とあかべいは河岸道にすばやく下りて暗がりに身を隠した。

「火の用心、さっしゃりましょう」

拍子木《ひょうしぎ》が鳴らされた。

提灯はこの界隈の自身番屋の番太か、昇吉とあかべいは、番太が通り過ぎるのを待った。

そうしながら、

(若頭は深川の加賀屋の別邸を承知なのだろうか)

と思った。

「あかべい、どう思うよ」

小声で尋ねてみたが、あかべいからなんの返答もなかった。

「おりゃ、知らないと見たね。となると一度さ、若頭にこのまま素人探索を続けていいかどうか質すのが先じゃないか、どうだ、あかべい」

わん
とあかべいが小さな声で吠えた。

もはや火の用心の番太は通り過ぎていた。河岸道に戻ると小川橋を渡り、橋下に泊めた小舟に戻った。

「よし、予定変更だぞ、夜中に大川を横切るぜ。おりゃ、火消のはずだがよ、妙なことになりやがったぜ」

と舫い綱を解こうとすると、あかべいが、わんわんと吠えた、これまでとは違う吠え声だ。

「うん、どうしたよ」

あかべいが舫い綱を解こうとする昇吉の袖を咥《くわ》えて引っ張った。

「なに、どうしたよ。うむ、深川を引き揚げちゃならねえというのか。そうか、今ここを引き揚げたあとに事が起こるかもしれないか。そうだな、夜中に急いで戻っても、中途半端だよな。ならばこの界隈で見張りを続けてよ、小舟で明け方まで過ごすか」

昇吉は小舟を最前まで泊めていた仙台堀の北岸に移した。

「よし、あかべい、おまえの考えに従ったぞ。夜明けまでになにが起こるか、お楽しみだぜ」

と言う昇吉に、わん、とひと声甘えるように吠えたあかべいが眠りに就いた。

独り起きていることになった昇吉は、ひたすら眠いのを堪えて夜明けを待った。

不意に睡魔が訪れ、小舟の中でうつらうつらとした。

読経《どきょう》の声に昇吉は目を覚ました。

慌てて小舟の外を見回すとどうやら昨晩忍び込んだ恵然寺からのものだった。

しばらく読経に耳を傾けていた昇吉は、小舟の艫下の隠し戸からい組の装束《しょうぞく》を取り出して着替えた。久しぶりに町火消の衣装の後ろ帯に鳶口を差し込むと、小舟を対岸の小川橋下に着けた。あかべいが目を覚まして昇吉を見ていた。

あかべいにとって昇吉のい組の姿は初めて見るものだろう。だが、こたびは、わんとも吠えず、ただ昇吉の行動を見ていた。

昨夜来、なんど行き来した仙台堀か、寺町の船着場に戻した小舟の艫から、

「あかべい、しばらく留守番をしていねえ。おりゃ、ちょっと思いついたことがあらあ。吉と出るか凶と出るか楽しみにしていな」

声をかけて小舟にあかべいを残した昇吉は、十四夜の月の位置を確かめ、四つ前だな、と思った。そして、恵然寺の脇門を入った。

読経の声は敷地の奥から聞こえてきた。その場に向かって昇吉が歩を進めると、本堂の前に泉水があった。昇吉は、泉水の水で顔を洗い、目をしっかりと覚ました。手拭いで顔を拭う昇吉に、

「どなたさんかな」

という声がかかった。

修行僧にしては歳を食った作務衣《さむえ》姿の人物が箒を手に立っていた。

「おはようございます。おれは川向こう、町火消一番組い組の新米火消、昇吉に

でございます。おまえ様は、この寺のお坊さんにございますか、それとも下男《げなん》さんですかね」

「私かな、うむ、坊主とも下男とも言い切れんな。読経をしておるひとりは愚僧の倅でな、俗界でいえば隠居のようなものかな、もはや名などあってもなくてもいいが、昔は猩然《しょうねん》と呼ばれたな」

と昇吉の問いに答えた。

「隠居さんかえ。おりゃ、隣の加賀屋うきよしょうじといささか関わりを持った若造だがよ、もし隠居さんが承知ならば教えてほしいことがあるんだ」

「ほう、加賀屋さんな。たしか去年の師走か、主の七兵衛さんと内儀のお香さんが身罷られたな」

「へえ、そのことでさあ、おれの知りたいことは」

「おまえさんの問いは一言で答えられる話ではないぞ。どうだ、こちらは隠居坊主だ、暇はある。おまえさんが知りたいことを答えられるかどうか、これまでの経緯を話す気はないか」

「へえ、むろんお話し申します」

昇吉は即答した。この際、話すしか手はないと昇吉の勘が教えていた。

「ならば、この猩然の隠居部屋にお出でなされ」

と猩然は本堂前の泉水の傍らにある茶室のような小体な家に昇吉を連れていった。

「一服茶を点《た》てて進ぜよう」

と茶の仕度をしながら、

「町火消一番組い組の火消というのは真の身分かな」

「へえ、新米火消ですが間違いございません。いまはい組を離れて、小川橋下の小舟に暮らしております」

「ほう、自ら離れたと言われるか」

「いいえ、若頭の吉五郎さんに命じられてのことです」

「お待ちなさい。そなた、つい先日、読売を騒がせた御仁かな」

えっ、昇吉が驚きを漏らし、

「お坊さんも読売なんぞを読まれますか。驚いたな、あの読売がきっかけで、この騒ぎに関わることになりましたんで」

「退屈しのぎが飛び込んできましたな。最初から愚僧に話してみなされ。そのあとでそなたの望みを聞きましょうかな」

「へい」

と返事をした昇吉は、

「ご隠居、その茶はいつ飲めますね」

と聞いた。

「なに、話す前から喉が渇いたかな」

「へえ、小舟にここんところあかべいって掏摸のうの字の飼い犬と暮らしていますんでね、茶なんぞ久しく飲んでないんで」

「よかろう、ゆったりとして待ちなされ」

猩然は点前《てまえ》に専念した。

昇吉は、猩然の流れるような仕草を見ながら、どこからどう話すか頭の中で整理した。

二

昇吉は、茶碗を片手に持って、ぐいっと飲み、

「うっ、苦いな。これ、茶か」

と猩然を見た。

「そなたの家で抹茶《まっちゃ》を飲む習わしはなさそうだな」

「駿河で採《と》れたあしくぼの茶をな、何回も湯を変えて飲んでいたな。おりゃ、ちゃんとした茶を飲んだのはい組に入ってからだ。寺もこんな妙な茶を飲んでいるようじゃ、上がりが少ないか」

猩然老師が笑い、

「禅寺じゃ、上がりがいいわけはないな」

と笑い、

「最後まで味わって喫してみよ」

と昇吉に勧めた。

致し方なく鼻をつまんで一気に啜り込んだ。

ふうっ
と漏らした昇吉は、

「隠居さんよ、おれの話を聞いてくれるか。だがよ、この話は長くなるぜ。寺の船着場にさ、小舟に犬が一匹乗っておるのだが、見てきていいか」

「そなたの犬ではないと言うたな」

「元々掏摸のうの字の飼い犬でな、鼻緒のあかべいという名だ。日本橋の上でおれがうの字を捕まえた折りにいっしょにいた犬さ」

と前置きした昇吉はあかべいを飼うようになった経緯をざっと告げた。

「ほうほう、小舟で犬と住みくらす切っ掛けが掏摸との出会いか」

「おりゃ、あの日、初めてうの字と会ったばかりだぞ」

「読売が二番煎じの読売に書いたように仲間ではないか」

「ねえな。おりゃ、い組の火消よ」

昇吉は胸を張って長羽織の襟元を猩然に見せた。左の襟には、

「町火消」

右の襟には、

「一番組い組」

と染めた文字が誇らしげにあった。

「うんうん、よかろう。ならばその犬の小舟に愚僧を招いてくれぬか。その場で話を聞こうではないか」

「ああ、いいよ」

隠居家を出た猩然を伴い、昇吉は泉水の端から山門に向かった。すると、いつ

の間にか読経が終わっていて、ひとりの修行僧が、

「老師、講話《こうわ》の刻限にございますが」

「おお、そうであったな。すまぬが倅にな、今朝はわしの代わりにそなたがなせと言うてくれぬか。わしはな、この御仁の話を聞かねばならんでな、船着場の小舟におる」

と応じると修行僧が、

「畏《かしこ》まりました」

と本堂へと戻っていった。

「隠居さんはえらいのか、この寺でさ」

「禅寺だ。だれがえらいということもないが、わしのあとを倅が継いでこの寺を切り盛りしておるな」

「ふーん」

と応じた昇吉は老師と呼ばれた猩然を船着場に連れていった。

「ほうほう、この苫屋根の小舟がそなたらの住まいか」

関心をみせた猩然が舳先から艫へと見て回った。

そんな気配にあかべいは、昇吉が戻ってきたと思ったのか苫屋根の下から顔を

覗かせ、作務衣姿の猩然を見詰めた。

「隠居さん、昔の話だ。おれと幼馴染のふたりでよ、ぼろ舟を修繕してさ、おれたちの隠れ家にしていたのさ。

　こんどよ、若頭からい組を離れて、加賀屋うきよしょうじの火付けを調べてみねえって、財布ごと渡された折りにさ、この小舟のことを思い出してさ、時にしたんだよ。あかべいだってこの小舟がなきゃあ、いっしょに暮らすなんて思いつかなかったな」

　と昇吉は説明し、猩然を小舟に誘った。

「うちには妙な茶もあしくぼの茶もないぜ。我慢してくんな」

　小舟に初めての客を招き、昇吉とあかべいが向き合って座った。

「おお、おお、なかなかの住まいだな。そなたの暮らしも悪くはないな」

「隠居さんよ、他人だからそんなことを言えるんだぞ。おりゃ、一日も早くい組に戻りてえんだ。頼むよ、加賀屋が妙な連中から付きまとわれたわけを聞かせてくれないか」

「それにはおまえさんが、まず愚僧を得心させることが大事じゃな。改めてな、最初から話を聞かせよ」

「おお」

と返事をした昇吉は、駿河町の上総屋の火の見台から日本橋と今川橋を結ぶ大通りを若頭の吉五郎と見下ろしていた日から、諸々起こった出来事を老師に念押しされながらも最後まで聞かせた。

長くてまどろっこしい話になったが、猩然老師は気長に昇吉の話を聞いてくれた。

昇吉の話が終わったとき、

「昇吉さんや、厄介な話に巻き込まれなさったな」

と言った。

「厄介な話だよ。おりゃ、うの字の仲間でもないのに読売で掏摸の仲間にされちまったもんな」

「そのことは大したことではないわ。若頭がすべて承知で読売屋に仕掛けた話よ。そなた、加賀屋うきよしょうじの名の由来を承知していたな」

「おお、お澄ちゃんとお佳世さんの先祖は加賀の出なんだろ。江戸で浮世小路《こうじ》というところをよ、加賀屋ではうきよしょうじと訛るからよ、妙な屋号にしたんだよな」

「そういうことだ。加賀屋は、加賀百万石の前田家初代の利家《としいえ》公が金沢藩を創設して以来の親密な間柄でな、当代斉広《なりなが》様まで連綿《れんめん》と続いておるのだ。むろん江戸幕府には内緒ごともある。昇吉さんや、わしの話が分かるか」

「なんとなくな。つまりよ、お佳世さんとお澄ちゃんの先祖は、前田の殿様の家来じゃないよな、それでもいまも付き合いが続いているということだよな。おれが分からないのが、前田の殿様は、百万石、お澄ちゃんの家は料理茶屋だよな、月とすっぽんか、つり合いが取れないいやな。どういうことだ」

「そこだ。わしの話が真かどうか寺代々の言い伝えと愚僧の推量を交えてのことだ、的を射ているかどうか知らぬぞ、とはいえ、うちも加賀屋の別邸と隣同士で何代も付き合いがあるで、さほど間違いではあるまいと思う。これから話すことはあちらこちらで話してよいことではないぞ」

「おお、隠居さんよ、おれもい組の町火消だ。その辺りは心得ているって」

と昇吉は容易く請け合った。

「よかろう。加賀藩は金沢藩とも呼ばれて、石高《こくだか》百二万石の大大名だ。この前田家の加賀藩が外様《とざま》ということを承知か」

「外様というのは徳川様と親戚筋ではないということだよな。だから、公儀はよ、親戚筋でない外様大名を江戸から遠いところに置いてさ、戦を仕掛けてこないようにしているんだよな」

「ほうほう、なかなかの物知りじゃな」

「火消や鳶なんてのは、結構訳知りが多くてな、寺子屋で習わないことを兄い方が教えてくれるんだよ」

「よかろう。ここからが加賀屋の立場が微妙なところよ。

いいか、前田利家様が徳川家康様と縁を持って以来、前田家は幕府がなにを考えているか、江戸に伴ってきた加賀屋の先祖に探索方を命じていたと愚僧は推量しておる。

平ったく言えば、料理茶屋うきよしょうじは、客商売をやりながら、客の話から公儀がどのような考えを持っているか、探る役目を持たされていたと思えるのだ。この辺りはどうだ」

「お澄ちゃんの家は代々、探索方が本業なのか」

「料理茶屋と探索方は、どちらが本業、どちらが副業という話ではあるまい。うきよしょうじは耳目《じもく》なのだ。あの料理茶屋では、加賀藩の江戸藩邸の重臣が公儀の重役を招いて接待してな、あれこれと公儀の考えを集める、むろん金銭が動くこともあろう」

「待ってくんな。いまもお佳世さんとお澄ちゃんは、探索方を務めているのか」

「そこだがな、ふたりの父親の七兵衛さんには、若い娘ふたりゆえ、どこまで伝えていたか、その辺は愚僧も分からぬ。じゃが、わしの勘では長女娘にもなにも言わずに身罷ったのではあるまいか、いや、あるいは、加賀屋の陰御用が娘に伝えられる前に口を封じられた、殺されたのではないか」

と猩然が言い切った。

「ふーむ、やっけえな話だな」

こりゃ、ただの火付けではないのか。

「そなた、加賀屋が火付けに遭った宵、い組の五代目総頭と若頭の父子ふたりがうきよしょうじで、加賀屋七兵衛夫婦と会う手筈《てはず》と言ったな」

「ああ、だがよ、五代目総頭の江左衛門様は風邪で集いに参られなかったんだよ、隠居さんよ」

「そこだ。わしは江左衛門さんが加賀屋の陰御用に気づいて、わざと欠席されたのではないか、と考えたがそなたはどう思うな」

「はあっ」

昇吉は言葉を失うほど驚いた。必死で平静を保《たも》ち、問うた。

「若頭の吉五郎さんとお佳世さんが夫婦になるのに、加賀屋の陰御用はい組にとって差し障りが生じるのか」

「大いに生じるな、町火消は公儀の差配下にあるな、というより公儀の一部といってよかろう。陰御用を加賀屋が務めているとしたら厄介が生じよう。

それに長女娘のお佳世さんがい組に嫁に行くことは難しかろうな。また吉五郎さんがい組を辞めて、加賀屋に婿入りするのも無理であろう」

「待ってくんな、もしもだよ、お佳世さんがい組の嫁になるのなら、妹のお澄ちゃんに婿が来ればいいではないか」

昇吉は思いつきを口にした。そのことが自分にどのように関わるかなど全く考えられなかった。

「十四歳のお澄さんは、さようなことを聞かされているのかな」

「お佳世さんは聞かされているかもしれないが、妹のお澄さんはなにも知らない、とおれは見たぜ」

と言った昇吉は、こんな話がどう加賀屋の火付けと関わってくるのだろうか、と考えた。そんな昇吉の胸のうちを読んだように猩然が、

「い組の若頭の嫁になる娘の親である加賀屋の当代夫婦が、なにか格別な曰くがあって火付けによって焼き殺されたとしたら、総頭はどう考えなさるな」

昇吉はまた沈黙した。なにも思いつかなかったからだ。

「隠居さんよ、おりゃ、総頭の考えを察することはできねえ。だがよ、隠居さんの言うように欠席したには曰くがあってのことだろうか」

「吉五郎さんは、おまえさんに火付けの探索を命じたな。他の火消もいよう、あるいは自ら火付けについて調べることだってできよう」

「若頭はよ、餅は餅屋って、火消が御用聞きの真似はできないと考えていなさるんだよ」

「ならば、なぜそなたに探索方を命じた。そなたもい組の火消であろうが」

昇吉は返答ができなかった。

「愚僧はな、亡くなった七兵衛さんと幾たびも酒を呑んだことがある。本来ならば、禅宗の坊主は、酒やにおいの強い大蒜《にんにく》など呑んだり食したりして山門を潜ることを許されておらぬのだ」

と言った猩然はにやりと笑った。

「隠居さん、おれ、知ってるぞ。山門前に酒を呑むなって看板があるよな」

「看板ではないわ。戒壇石《かいだんせき》と称してな、『不許葷酒入山門』の七文字が刻まれた石だ。

わしは禅宗の坊主としては破戒坊主《はかいぼうず》だがな、酒を呑むのは、加賀屋の別邸から誘いがあった折りだけだ。七兵衛さんはわしの酒好きを見通しておられた。ふたりして酒を酌み交わして雑談を交わしたな。

いま考えれば、七兵衛さんの話しぶりは、探索方の業《ごう》のひとつかもしれん。わしは、なにを喋ったか翌日は覚えておらぬ。酒を呑んだ夜は、加賀屋の別邸に泊まって朝帰りよ」

「坊さんが隠居したのは酒のせいか」

「そのことと関わりがないとはいえぬな。そなたに探索方を願ったい組の若頭も人を見る目を持っておられるな」

と褒めた猩然が、

「昇吉さんよ、加賀屋に関して噂が流れていることがある。最前もちらと触れたが、うきよしょうじは金沢の味つけの料理が売りだ。ということは金沢藩の江戸藩邸の重臣方が集う料理茶屋でもある。酒が入った折り、つい口が緩《ゆる》むな」

なんと、うきよしょうじは加賀藩の藩政を探る場でもあったのか。

「いや、この噂話は、かなり昔むかしから藩内の一部に伝わっているものだ。加賀屋は、公儀に対する探索方だけではないのだ。いや、いまや公儀を探索するより加賀藩の探索に重きがあるとみた。加賀屋では、加賀藩内の親公儀派に対して、探りを入れており、この数代の藩主に知らせておるという話だ。その証しに百姓一揆や打ち毀《こわ》しや騒乱が加賀屋の探索で次々に潰《つぶ》されておるという話だでな」

昇吉の頭は混乱していた。そして、この猩然という禅宗の僧侶は、どうやら料理茶屋うきよしょうじの内情をかなり詳しく承知していると思った。

「隠居さんよ、加賀屋の亡くなった七兵衛さんはいい人か悪い人か」

「うむ」

と安直な問いに応じた猩然がしげしげと昇吉の顔を見て、

「そなた、十七歳であったな。いささか判然とせぬことまで喋ってしもうたわ。そなたに喋ったことを忘れよとは言わぬ。加賀屋がなぜ火付けに遭い、当代の主夫婦が殺されたか、思案する折り、わしのいい加減な話を思い出せ。これはな、立場の違いよ、七兵衛さんが良い御仁か悪い御仁かの話ではないでな」

昇吉はますます分からなくなった。

思案に思案を重ねて、

「隠居さん、火付けの下手人と思《おぼ》しき黒ずくめの男に幾たびか会ったことがある。こ奴、何者だと思うな」

こんどは猩然が沈黙した。

長い沈思だった。

「そなた、その者が値の張る莨入れを名主喜多村家の火の見台に置いていったと言うたな。この者、町人と思うか、武士と思うか」

「形《なり》は町人だな。でもよ、火付けだぜ。町人でも武士でも火付けは火付けじゃないか」

「火付けが町人とそなたに思わせたいか、それとも武士と思わせたいか、それによって、火付けが何者か推量がつくのではないか」

「ふーむ、そうか、町人と武士では違うか。おれたちよ、あの莨入れを見てよ、火付けはなんとなく町人と思ってしまったな」

昇吉は小舟の艫下の隠し戸棚から莨入れを出して猩然に見せた。

手にとってしげしげと調べていた猩然が、

「これだけ値の張る品をただいまのお武家は持っていまい。すべて札差や両替商に牛耳《ぎゅうじ》られておるからな。煙管筒に煙管が入っていないな、この道具、おまえに見つかるようにわざと置いていったんだと思わないか」

呆れた、と思った。

(そんなことありか)

「ああ、隠居さんよ、おめえ様はどう思うな」

「この話、騙し合いじゃな。そもそも、十七の若造が関わっていい話ではないわ。だが、若頭がそなたの才を見抜いたように、大人の考えで動いておらぬのがいい。この小舟に寝泊まりしてあかべいといっしょに過ごす、そんな行いが意外とこの一連の騒ぎの真を光の下にさらけ出すかもしれんぞ」

「隠居さんの言うことはよ、さっぱり分からないが、おりゃ、このまま、なにも分からないまま動いていていいのか」

「そなたが思いつくこと、できることをやってみよ」

容易いことのようだが、かような話を聞かされては、これまでのようなことができるか。

「隠居さんよ、おりゃ、い組に戻れるよな」

「愚僧はなんとも答えられぬ。い組の五代目総頭の江左衛門さんと若頭が決めなさることだがな。そなたがい組に戻る戻らぬは別にして、とことん突き止めてみよ。そのことがそなたの今後を決めてくれよう」

幾たび目か沈思した昇吉は、分かった、という風に頷き、

「隠居さんよ、最後の問いだ。おれ、別邸のお佳世さんとお澄ちゃんに会っていってよいかな」

「そなたはどう思うな」

「おれはめちゃくちゃ会いたいぞ。隠居さんの話を聞いたらよ、あの姉妹がなぜこの時節に別邸を訪ねたか、知りたいと思ったぞ」

「ならば会えばいい。そなたならば、あのふたりの娘御に話していいことと話してはならぬことの区別はつこう」

と念押しして口には注意せよと言った。

「分かった。まず会いに行っていいかって文を書く。すまねえが筆なんぞを貸してくれないか、寺だから筆と紙くらいあるよな」

「相手の意向を訊こうという算段か、それはいい。あとで届けさせる」

「ありがてえ。それとよ、隠居さんよ、おれが迷ったとき、寺を訪ねていいか。今日じゃねえぜ」

「むろんいい、だがな、もっといいのは愚僧がこの小舟を訪ねることだ。できる

ことなれば、酒を用意しておいてくれればうれしいがのう」

「分かったぜ。酒を呑んでさ、おれの話を聞きながらこの小舟に泊まってくんな」

「おお、なにやら急に若返ったような気がしたわ」

と猩然老師が満面の笑みで小舟から這い出ていった。

三

「腹が減ったな、あかべい。どこぞのめしやで都合してくるか」

昇吉が考えていると小舟に訪ね人があった。最前、寺で会った修行僧が筆硯墨《ひっけんぼく》に紙を添えて、

「老師の命にて届けに来ました」

と船着場から声をかけてきた。

「すまねえ、お坊さんよ」

苫屋根の下から這い出した昇吉に、

「文を書くのに時がかかるかな」

と若い修行僧が問うた。

「さほど面倒な文じゃねえな。ちょこちょこと寺子屋で習った字を連ねるだけだ。直ぐに終わるぜ。道具を持っていくかえ」

「そうではありません。老師が申されました。加賀屋の別邸にそなたが文を届けよと」

「なに、文使いまでしてくれるのか。よし、直ぐに書くぜ」

「ならば小舟の端に乗せてもらって墨をすらせてもらいましょう」

と手際よく昇吉を手伝ってくれた。

「よし、長くは待たせませんぜ」

と筆を摑んで筆先を舐《な》めると墨をつけて紙にまず、

「お佳世様
お澄ちゃん」

と認め、しばし最前頭の中で考えた文案を確認した。その上で一気に、

「小舟を寺の船着場に泊めてある、もし差し支えなければ会いたい、昇吉」

と書いた。

「これでよし。あとはあの姉娘と妹娘が察するよな」

と独り言を漏らすと、巻紙の上端を舌先で舐めて切り取った。墨の字が乾くのを待ちながら、修行僧に尋ねた。

「隠居さんは暇人のようだな、おれみたいなのと付き合ってくれるのだからよ」

「いえ、老師は多忙な身です」

と笑みの顔で昇吉の言葉を否定した。

「うーん、そのさ、老師というのはお坊さんの隠居のことだな」

「禅宗の寺では生涯修行です。老師は一門の束ねをなさっておられますゆえ、あれこれと忙しくしておられます」

「ふーん、そんな隠居がよ、おれみたいな新米火消と付き合ってくれるか」

「大変珍しいことです」

修行僧が神妙な顔を傾げた。

「よし、乾いたぜ。筆、硯《すずり》なんぞはそっちに返すぜ」

「老師がしばらく筆硯墨三品と紙はそなたに預けておくようにと申されました」

と言い、昇吉の文を受け取ると、ちらりと書面に視線を落とし、にっこりと笑った。

「おりゃ、町火消だ、字はひどいぜ」

「老師がいつも私どもに申されます。字はうまい下手ではない。人柄が籠った字が大事なのだと」

「おれの字は人柄が出てるかね」

「気持ちの籠ったいい字です」

と修行僧は褒めてくれると、昇吉の書いた文を持って船着場から立ち去った。

「さあて、どうしたものかな、あかべい。めしやを探すか」

と問いかけたがあかべいは知らんふりで顎を胴ノ間につけたまま寝ていた。

こういうときは、小舟から動くなと言っているのだと、昇吉はあかべいと付き合いを重ねて承知していた。

「そうか、お佳世さんとお澄ちゃんの返事を待てというか。うむ、あの若い坊さんよ、加賀屋の別邸でもふたりが文を書くのを待ってよ、おれたちに届けてくれるのか」

と昇吉は考えた。

小舟の屋根に日差しが当たるので、昇吉はついうとうと眠り込んだ。すると不意にあかべいの吠え声がして、昇吉は目を覚ました。

「また坊さんが戻ってきたか」

苫屋根の下から顔を覗かせると河岸道にお佳世とお澄が立って、

「あかべいもいるわ」

「ようちの別邸が分かったわね」

とふたりで言い合った。

お澄は弁当とあかべいのエサか、竹籠を提げていた。

「昇吉さん、なにかあったの」

お佳世が尋ねた。

「あるようなないような。おれさ、お佳世さんとお澄ちゃんと話したほうがいいと思ったんだよ」

と応じて、

「昇吉さん、恵然寺の老師と知り合いなの」

とお佳世が質した。

「おれが禅寺の隠居さんと知り合いのわけがないだろう。今朝がた、寺に入ったのよ、そしたらな、読経が響いてよ、作務衣の年寄りが箒を持っていたから、寺《てら》男《おとこ》と思ってさ、声をかけたんだよ」

「まさか、老師を寺男と間違えたの」

「老師はよ、えらい坊さんらしいな」

「で、どうしたの」

お佳世が呆れ顔で先を促した。

「池の端にある茶室というのか、狭い家に上がらされて苦い茶を飲まされたぞ」

「えっ、老師のお点前で昇吉さんは抹茶を馳走になったの」

お佳世はいよいよ混乱していた。

「そうさ、そんでさ、隠居さんじゃねえか、老師さんとさ、あれこれと話してな、この小舟にも訪ねてきたぜ。こんどな、老師を小舟に呼んでおれが酒を馳走することになってんだ」

「あら、うちのお父つぁんの代わりを昇吉さんが務めてくれるの。妙ね、老師と話が合うなんて人は世間にそういないはずよ」

「お佳世さん、この長半纏のおかげだと思うよ」

昇吉はい組の長半纏をふたりに見せた。

「そうそう、さっきから気にしていたの。昇吉さん、い組に戻ったのね」

お澄が口を挟んだ。

「お澄ちゃん、そうじゃないんだ。おりゃさ、まるで乞食みてえに汚い形で辺りを探り回っていてもこの騒ぎの調べは全然進まないと考えたのよ。若頭の吉五郎さんから許しをもらったわけじゃないんだ。おれの心意気さ」

姉妹ふたりが黙り込んで考えた。そして、お澄が、

「そうかもしれないわね。老師と知り合ったのも、い組の長半纏に身を包んだ昇吉さんを認めたからでしょ」

「その辺りは、おれには分からないよ。でもな、この長半纏に袖を通すとよ、しゃきっとするんだよ、そんで、顔を上げて歩けるんだ」

お佳世も昇吉の言葉に頷いた。

「昇吉さん、私たちに会いたいって、なにか用があったの」

「お澄ちゃん、それよ、急に別邸に来るなんて、なにがあったんだい」

「うん、それだけど、両替商の大坂屋さんのお内儀が相手を連れて、浮世小路の屋根船に乗り込んでくるというのよ。それで、番頭の伽耶蔵も『お嬢さん方、こちらにいないほうがいい』というもので、別邸に避難してきたの」

「番頭さんの考えか」

「私もあのお内儀さんに会うのは嫌なのよ。こんどの騒ぎと関わりないわよね」

とお佳世が言った。

「おれが思うには、大坂屋のお内儀が勧める相手というのは、加賀屋の火付けには関わりないな。大坂屋の内証は長崎口と称する抜け荷を載せた船が遠州灘で沈んでさ、損失した分を加賀屋から融通《ゆうずう》してもらおうと、躍起になってお佳世さんを口説こうとしているとみた」

「どうして昇吉さん、そんなことまで承知なの」

とお澄が尋ねた。

「前に言わなかったか。おれの幼馴染の忠助が桐油問屋に奉公しているって。桐油紙を購うのは武家方と分限者の商人で、忠助のお店には、客の武家方からそんな話が漏れてくるんだって。だからさ、おりゃ、こたびのことを忠助に調べてくれと願っていたんだよ」

「私の相手よりなにより筆頭両替商の大坂屋の内証が苦しいのね。うち、両替商の内証を潤《うるお》すほどお金なんてないわよ。だって、料理茶屋うきよしょうじなんて、かっこつけているけど、ただの食い物屋よ」

「加賀屋さんは金がないか」

「ないと思うな」

お佳世が曖昧に答えた。

「とすると火付けめ、なぜ半年以上もうきよしょうじの焼け跡を狙っているんだ」

「私に訊くの。分からないと答えるしかないな」

そうか、と昇吉が黙り込んだ。

「昇吉さん、なにか気にかかることがあるの」

とお澄が尋ねた。

「お澄ちゃん、おれな、夜通し、お佳世さんとお澄ちゃんの寝起きする屋根船とうきよしょうじの跡地を見張っていたよな。そのとき、幾たびか見かけた黒ずくめはさ、着流しだし刀は差してないけど、ありゃ、武家かもしれないとおれの話を聞いた隠居さんが言うんだよ。おれも、あれこれと考えて、そうかもしれないと思い直したんだ。大坂屋の線は、火付け騒ぎと違うとみたな」

「えっ、そうなの。昇吉さん、どうすればいいと思う」

お佳世が応じたが、なんとなく戸惑いがあるように思えた。

「昇吉さん、火付けが武家方というのはどういうことよ、お金が狙いじゃないの」

お澄の問いは素直だった。

「うきよしょうじの客って、結構、武家方がいるって聞いたけど、ほんとうか」

「だれがそんなこと言ったの」

こんどはお佳世が質した。

「達兄いだったかな。ということはうきよしょうじをよく知らない人がだれかに聞いた話をおれに伝えたんだと思うな。あまり当てにならないか」

昇吉はいい加減な返答をした。

「むろんうちの客筋は、お武家様もいらっしゃるわよ。皆さん、旗本《はたもと》衆でも大名筋でもそれなりのお方ばかりよ。半分以上は、商人衆の接待ね。そんなお方が火付けだなんておかしかない」

「おかしいよな、加賀屋の内証を狙うなんてなしか。お佳世さん」

「私に訊かれても答えられないわ」

恵然寺の猩然老師が話してくれたことをお佳世は承知していると思えた。だが、この場では話す気はないのだ。ここは無理をしてはいけないと思った。

「おれがい組の長半纏を着込んでも大した役には立たないか」

話柄を変えた昇吉は、

「お佳世さんとお澄ちゃんはいつまで別邸にいる心算だえ」

「大坂屋のお内儀が諦めてくれるまでね」

「そのうち、お内儀さんが相手を連れてこの深川蛤町飛地に乗り込んでくるぜ」

「うちの別邸、大坂屋のお内儀、知らないわよね、お姉ちゃん」

「知らないと思うけどな」

お澄の問いにお佳世が首を傾げながらも否定した。

「おれが探し当てたんだぜ、この界隈の人はみんな承知だよな。おりゃさ、別邸というのがさ、どんな屋敷か推量もつかなかったのさ。ところが来てみて驚いたぜ。加賀屋の別邸がこんなに広いとは夢にも考えなかったぜ。そんでよ、建物も年季が入っているよな。先祖がよほど商い上手だったのかな」

「ああ、私、おっ母さんから聞いたことがある。この別邸の敷地ね、金沢藩の持物だったそうよ。それをうちの先祖が購ったと聞いた」

「そうか、お澄ちゃんの先祖の出は、加賀だもんな」

「そんな話、私、知らないわ」

お佳世がこの話題を打ち切るように言った。これ以上話が進むのを嫌がっていると、昇吉は考えた。

ふたりの姉妹は、小舟から船着場に降りた。

「昇吉さんは、いつまで深川にいるの」

「ふたりの元気な顔を見て、用事は半ば済んだといえるな。いったん、川向こうの伊勢町堀界隈に戻ったほうがいいかな。火付けは、こっちに出ないよな」

「出ないわね。あの者の用事はうちの焼け跡じゃないかしら」

お佳世が言い切った。

「焼け跡になにがあるのかね」

「伽耶蔵も知らないそうよ」

「すると身罷った七兵衛さんしか知らなかったか」

「かもね」

「お佳世さん、おりゃ、今夜からまたうきよしょうじの焼け跡を見張る仕事に戻るぜ。次に来たときは、直に別邸を訪ねていっていいかえ」

「いいわよ、待ってるわ。あかべいもいっしょに連れてくるのよ」

とお澄があっけらかんと許しを与えた。

昇吉は、

「ありがとうよ」

と答えながらお佳世は妹とは意見が違うと理解した。

「なにか番頭さん方に伝えることはないか」

「お澄ちゃん、おりゃ、老師さんによ、挨拶して伊勢町堀に戻るぜ。なにか番頭さん方に伝えることはないか」


「ないわ」

「またね」


お佳世が短く答えて姉妹で加賀屋の別邸に戻っていった。

ふたりの姿が河岸道の奥へと消えるまで見送った昇吉は、

(お佳世さんは、どれほどのことを父親の七兵衛さんから聞いていたのだろう)

と思った。

ひとつだけ昇吉が確証を得たのは、加賀屋うきよしょうじの火付けが金子目当てと思わせながら、真実は違うということだ。

加賀藩前田家と料理茶屋加賀屋の両者は、いまも密接なる関わりがあるのだ。

つまり、前田家の藩政に絡んで、こたびの加賀屋の火付けと七兵衛とお香夫婦の焼死事件は、起こったということではないか。

猩然老師の話とお佳世の態度を合わせて考えたとき、昇吉はこんな答えが頭に浮かんでいた。

昇吉は、小舟を小川橋の下に移動させて、あかべいとともに少し眠ることにした。

どれほど眠ったか、あかべいの吠え声で目を覚ました。

すでに昼下がりの八つ半時分か。

どてらを剝《は》いで寺町の船着場を見ると、お澄が独り立っていた。

昇吉は小舟を船着場に戻した。

「どうした、お澄ちゃん」

「お姉ちゃんは、独り伊勢町堀に戻ったわ」

「えっ、最前はなにも言わなかったな」

「昇吉さんの言葉が気にかかったんじゃないかな」

「どこがよ、大したことは言ってないけどな」

昇吉は小舟にお澄を乗せて、この辺りをひと回りして話をしようと誘ってみた。

「そうして。お姉ちゃんは昇吉さんに正直に答えてないわ」

「お澄ちゃん、そりゃ、当然だぞ。加賀屋から見たら、どこの馬の骨とも知らない町火消風情がうちの内情に首を突っ込んできたんだからな」

「でも、昇吉さんはい組の若頭の内密な願いをこなしているんでしょ。勝手に首を突っ込んできたんじゃないわ」

「それはそうだけど」

昇吉は仙台堀の東端の亀久橋を潜り、長門萩藩の町屋敷と材木置場の間をゆっくりと小舟を進めさせた。

お澄はあかべいを膝に抱えて昇吉と向き合っていた。

「お姉ちゃんは、うちが燃やされ、お父つぁんとおっ母さんが身罷ったあと、独り悩んできたわ。いちばんいいのは、今のところうちとは関わりのないい組の若頭吉五郎さんに相談することね。でも、それはできない。話次第では、お姉ちゃんと吉五郎さんは夫婦になれないかもしれない」

「加賀屋の秘密と若頭と夫婦になることの間で、心が揺れ動いているのか」

「昇吉さん、うちのこと、どこまで承知しているの」

「お澄ちゃんはどこまで知っているんだ」

とふたりは言い合った。

昇吉は棹を手にお澄を見た。

「おれは大して知らないな」

「恵然寺の老師から聞いたのね」

「そういうことだ。老師からは、この話、だれにも喋ってはならないと忠言を受けている」

「やはりそうだったのね」

「お澄ちゃん、どこまで加賀屋の陰御用を承知なんだ。ここにはおれとあかべいしかいない。この場でふたりが話し合ったことは、話次第では若頭にも、むろん幼馴染の達兄いにも忠助にも話すことはない」

「昇吉さんは老師との約定を破ろうとしているわ」

「お澄ちゃんとお佳世さんを助けるためならば老師との約定を破ることはやぶさかではないぞ」

昇吉の言葉にお澄は眼差しを昇吉から外して膝のあかべいの頭を撫でながら、長い熟慮《じゆくりよ》を続けた。そして、視線を昇吉に戻した。

「うきよしょうじが焼けた宵、うちの二親と若頭の三人が話し合ったことは」

「お佳世さんと若頭が夫婦になることとの話し合いだな」

「それだけではないわ」

「その他、なにが決まったんだ」

「わたしが加賀屋の当主になることとよ。お父つぁんは、お姉ちゃんから吉五郎さんを初めて紹介されたときから、姉の跡継ぎはないと確信したのよ。だから、別のことを考えた。それは、妹のわたしが婿をとって加賀屋を継ぐことよ。そのことを前提に、この数年前から根気よく加賀藩前田家と加賀屋との密約のおよそをお父つぁんは私に話してきたの。わたしは姉よりも陰御用を承知しているの」

「なんてこった」

と昇吉が呻《うめ》き、

「これ」

とお澄が袖から出して差し出した。

四

昇吉は四日続けて喜多村家の火の見台に四つ半（夜十一時）から七つ（未明四時）前まで上がって、うきよしょうじの焼け跡を眺めていた。

五日目の夜半、人の気配がした。

昇吉はただ待った。

火の見台に手を掛けた相手は昇吉の姿に、ぎょっ、として動きを止めた。だが、梯子段を下りることも、また上がってくることもしなかった。

相手には迷いがあった。

「服部十之助《はっとりとおのすけ》様」

昇吉が呼びかけた。

相手は無言だった。長い無言が続き、火の見台に上がってきた。

昇吉は胡坐を掻いていた。

相手もまた昇吉と向かい合うように胡坐を掻いた。

「それがしを承知か」

透き通った声音だった。

「へえ」

と応じた昇吉は、

「忘れものだ、お返し申しますぜ」

と莨入れを相手の膝の前に差し出した。

昇吉が服部十之助と呼んだ相手はしばらく莨入れを見ていたが、

「今夜は長半纏姿か」

と問うた。

「へえ」

昇吉は短く返答した。

「そなた、町火消一番組い組の昇吉だな」

と念押しした。

「へえ、このところ、い組から離れておりますがね」

「掏摸の仲間と読売に書かれたのは茶番だな」

「若頭の命でございました。火付けを捕えるためでございますよ、あなた様がとくと承知の加賀屋の主七兵衛さんとお香さん夫婦の仇討ちを兼ねてですがね。素人の探索方でしてね、うろうろとこの界隈から深川蛤町飛地の加賀屋の別邸をさ迷っただけです、すべて承知ですよね」

「素人の探索方な。われら一統は、火付けと疑われておったようだな」

「つい数日前まで、てっきり火付け一味の頭分と信じておりました」

「なぜそれがしが火付けではないと思ったな」

「さるお方と話し合った結果でございますよ。まずは莨入れをお返ししますぜ。お受け取りくだせえ」

「莨入れの曰くを承知か」

「いえ、おりゃ、莨入れについちゃあ、ほとんど知りませんや。あなた様が莨入れをこの火の見台に置き忘れた曰くをさるお方に教えられましてね」

相手が莨入れを手に、
うむ
と訝し気に動きを止めた。そして、ゆっくりとした動作で煙管筒から銀の御殿六歌仙《ろっかせん》彫りの煙管を出してみせた。

「これは」

と相手が尋ねた。

「加賀屋七兵衛さんの跡継ぎからの頼みごとだ。加賀藩前田家にお返しするときがきたとの言葉が添えられております」

ふうっ
と相手が吐息をついた。

「七兵衛の跡継ぎとはだれだな」

言葉に迷いがあった。

「どなたとお思いですか」

「七兵衛には娘ふたりしかおらぬ。七兵衛に妾《めかけ》がおったふうも見えず、長女娘はそなたの頭分、吉五郎のもとへ嫁入りするのではないのか」

「へえ」

「となると残るはひとり、お澄と申す十四歳の娘だけ」

「へえ」

「お澄が七兵衛の跡継ぎと申すか」

「その煙管、お澄さんから預かりましたので」

「幼いゆえ、お澄が七兵衛の跡継ぎとは考えもしなかったわ」

服部十之助が後悔の言葉を漏らした。

「七兵衛の旦那は、お佳世さんがうちの吉五郎と昵懇《じっこん》と知った折りから、お澄さんを跡継ぎにと考えられたようですぜ」

「そうか、そのことを迂闊にも考えもせなんだわ」

繰り返された言葉は、ほっと安堵の声だった。

「服部十之助様の前田家のご身分は、百万石の大大名、前田斉広様の御近習《ごきんじゅ》だそうですね」

「へえ」

「お澄がそなたに告げたか」

と応じた昇吉は、

「お澄さんから煙管の返却に際してお願いがありますので」

「最前の言葉かな」

「へえ、お澄さんは『もはや加賀前田様と料理茶屋を営む加賀屋の間にあった長年の密約は、この煙管の返却とともに終わりにしたい』というものでした。おれにはさっぱり分からないですがね」

服部十之助が昇吉を凝視した。が、無言だった。

「それでお分かりになるはずだと」

「お澄が申したか」

「服部様、お澄さんの願い、聞き届けていただけますか」

ふたたび服部は沈思して、

「二百年以上の歳月が両者の間に横たわっておるわ。その間に藩内の内紛《ないふん》もあれば、一揆の鎮圧《ちんあつ》もあった。いや、この言葉、忘れてくれ」

と服部が慌てた。

「ご心配いりませんぜ。おりゃ、い組の新米火消だ。やっかいな話は左の耳から右の耳に素通りだ。それより話の先を聞かせてくだされ」

「おお、それがしの一存で返答ができることではないと言うておるのだ。

なにより、そのほうと会ったのは初めてではないか。その者の言《げん》を信じて、殿にお会いするなど武士にあるまじき行いじゃぞ。さようなことはできるものか」

「ならばどうなさるお心算で。おりゃ、お澄ちゃんからくれぐれも無二《むに》の煙管を失くさないでと、乞われているのだ。そんな曰くのある煙管をお渡ししたんだ、それでもおれの話が信じられませんかえ」

「そのほうの言葉を信ずる、信じないということではないわ。殿の近習衆ならば、まず七兵衛の跡継ぎのお澄と直に面談してお澄がそれがしを得心させねば、殿に報告などできるものか」

服部十之助の言葉に、
ふっふっふふ
と昇吉が笑った。

「なにがおかしい」

「お澄ちゃんも『服部様ならば、わたしにまず面談するのが先と申されるはずよ』と言ったんでね。おれのような使い走りじゃ、事足りないんだよな」

「十四歳の跡継ぎがそう申したか。ところでそなたはいくつだな」

「十七でさ」

「い組の若頭は、町火消十番組四十八組を五代目総頭に代わって次に率いる人物と評されるだけのことはあるな。われら、十四歳の娘と十七の新米火消に右往左往《うおうさおう》させられておるわ」

「どういうことで」

喜多村家の味噌蔵の二階屋根が何者かに取り囲まれているのを昇吉は感じながら質した。

味噌蔵の四方に長梯子を掛けた気配がした。

「お澄もそなたもなかなかの遣り手《やりて》ということよ」

「褒めておられるんで」

「素直に受け取ってくれ」

「ところで服部様、おめえさん、手勢《てぜい》を率《ひき》いてこられたかえ」

と話を転じた。

「昇吉、さような無様《ぶざま》を斉広様の近習は致さぬわ。手勢は手勢で使い道がある」

と分からぬ言葉を吐いた。

「服部様の手勢ではないと言われますか」

「いかにもさよう、相手方の正体も推量はつく」

「ほう、何者ですかえ」

と言いながら背の帯から鳶口を抜いた。

服部十之助は、火の見台の床下からたんぽ槍を二本抜いた。なんと服部は名主の火の見台に防御用の稽古槍を隠していた。

「火付けの一味だがな、加賀屋が密偵として長年代々の藩主の陰御用を務めてきたことをよく思わぬ面々が加賀藩内におる。

前田家はつねに江戸の徳川家より見張られてきたのよ。この面々の背後におるのは間違いなく、藩内の動静を窺う親公儀派であろう。とはいえ、江戸城に近い浮世小路でこの者らが直に動くことはない。火付けをなして、七兵衛、お香の夫婦を焼死させたのは、江戸藩邸の親公儀派の雇われ剣術家どもであろう」

服部十之助の声音は淡々としているだけに真実を語っていると思われた。

「服部様よ、槍の名手かえ」

昇吉が話柄を転じた。

「名手と称しては烏《お》滸《こ》がましいが、十《じゅう》文《もん》字《じ》鎌槍《かまやり》をいささか修行して参った。そなたは、町火消じゃな、長鳶口を使えるか」

「おめえ様、おれが町火消だからって、稽古槍なんてもんを火の見台の下に隠しておいたのか」

「そう深い企《くわだ》てはなかったがな、うきよしょうじが焼かれた直後にな、この喜多村家の火の見台に目をつけたのよ。あちらこちらにたんぽ槍を隠しておいた。それが役に立とうとはな」

「服部様、その稽古槍を貸してもらおうか、鳶口代わりに使ってみようか。剣術家相手に火消が槍合わせなんて無茶の極みだがよ、火消の戦場《いくさば》は火事場だよな。それも屋根はおれたちの得意の舞台だぜ。おめえさんの足手まといにならねえようにするぜ」

殺気がじわじわと火の見台に迫ってきた。

胡坐を掻いていたふたりが不意に立ち上がった。黒覆面の面々は、武者草鞋《わらじ》に足元をかためて梯子段から二階屋根の四方に飛び乗った。

服部十之助のたんぽ槍が火の見台から屋根に上がったひとりの胸を素早く突いた。

うっ
と呻き声を残して屋根から落下していった。

それが名主喜多村家の火の見台で行われた戦いの幕開けだった。

昇吉も長身と長い腕を利して、服部とは反対側の梯子段から屋根に飛び上がってきた黒覆面の腹を突くと、後ろから梯子段を上ってきた仲間を巻き込みながらふたりして地面に落ちていった。

「服部様よ、手応えがねえな」

「い組の昇吉には相手不足か」

四方から同時に姿を見せた雇われ剣術家の腹を突き、横腹を叩いては不安定な屋根の上から地面へと転がした。

一方、服部十之助は、十文字鎌槍の作法に従い、鮮やかな突きを次々に決めて屋根の上から襲撃者の一味を叩き落とした。

「これで終わりか」

「終わりのようじゃな」

「服部さんよ、喜多村家の奉公人にあやつらが見つかるのは厄介だぜ。あやつらを敷地の外に放り出そうか」

と昇吉が言った。

「案ずるな、かような折りの助勢を配置してあるでな」

「さすがに三百諸侯のいの一番の殿様の近習衆だな。手配りまでして、おれに会いに来られたか」

「なんとなくこの数日、だれぞが待ち受けていると思うてはいたが、これほど頼りになる味方とはな」

と服部十之助が笑い、

「となると最前中途になった話だな。お澄ちゃんと会うのは、早いほうがいいな」

「今日じゅうに会う手筈がつくかな」

「ああ、大丈夫だ、七つ半時分でいいかな」

服部が頷き、なにか言いかけた。

「服部様よ、場所はこちらで決めていいか」

昇吉はお澄の身の安全を思い、自分の縄張り内を指定した。

「なに、浜町堀となゝ神田堀の下流じゃな。あそこの河口の川口橋か、妙な待ち合わせ場所じゃな。そうか、そなたの小舟で会おうというわけか」

「へえ、そんなところで」

「よし、七つ半、浜町堀の河口、川口橋じゃな」

「おれの小舟には何人も乗れないぜ、服部様はひとりであろうな」

「そなたは加賀屋のお澄だけだな」

「いかにもさよう、もう一匹、掏摸のうの字の飼い犬がいるがよ。大人しいぞ」

「ならば、のちほど」

服部十之助が先に火の見台から下りていった。

昇吉は、しばし間を置いて屋根から地面に下りた。ふたりがたんぽ槍の先で落下させた面々は、服部の手配下に片づけられたかいなかった。

(おれの用は終わったようだな)

と思いながら犬猫小路に出ると、もはや喜多村家に無断で入ることもあるまいと思った。


七つ半の刻限前からひとりの武家が浜町堀の河口の川口橋の袂に佇んでいた。

これまでの黒ずくめの着流しとは違い、加賀藩江戸藩邸奉公、それも藩主前田斉広の御近習衆に相応《ふさわ》しい紋付《もんつき》羽織《はおり》袴《はかま》に、腰に黒塗大小拵えが手挟《たばさ》まれていた。

昇吉は葦原の中から辺りの様子を窺い、小舟を中洲から出して川口橋に着けた。

「ほう、妙なところから現れたな」

と河岸道に降りてきた服部が、

「幾たびか小舟を見かけたが、なんとも風情のある舟よのう」

昇吉は、これまで考えていた以上に服部十之助は若いと思った。
二十七、八歳であろうか。
昨夜、喜多村家の火の見台でともに戦った仲間だ、互いが信頼していた。小舟に乗った服部が苫屋根の下に腰を屈めて入った。するとそこに加賀屋のお澄とあかべいが待ち受けていた。

「服部様、だれにも邪魔をされないように大川をゆっくりと遡上《そじょう》します、それでよろしいですかえ」

とい組の長半纏姿の船頭が断わった。

「かまわぬ」

と応じた服部に、

「服部様、お久しぶりでございました」

とお澄が挨拶した。

「お澄、かような対面は初めてじゃな」

「そして最後にございます」

「そう決めたか」

「はい」

「昇吉から聞いたで、その心構えで参った。長い加賀藩と料理茶屋加賀屋との陰御用を終わりとなすか」

「代々の加賀屋の先祖がなしてきた陰御用、このご時世、続けていく意味がありましょうか。わたしが料理茶屋うきよしょうじを再興する折りは、加賀藩の方々、お客様としておいでくださいまし」

「殿がそなたの言葉をお聞きになったら、浮世小路に新装なった料理茶屋に上がってみたいと申されような」

「その折りは大いに歓待《かんたい》いたします」

と応じたお澄が、

「服部様、わたくし、亡父より跡継ぎは、姉ではなくわたしに命じられました。その書付もございます。されど最前申し上げた理由により、わたくし、料理茶屋の女主人として生きとうございます。そのこと、叶いましょうか」

「お澄、その返答は斉広様おひとりしか答えられぬが、殿も無理は申されまい。ただし、われらの間には二百余年の付き合いがある。その来し方を忘れてくれる証しはなんぞあるか」

「師走、父は毎年前田の殿様に書状を書き認めて残すのが習わしでした。むろん代々の先祖もそうして参りました」

「さような話、初めて聞かされた」

「はい、わたくしも跡継ぎを命じられた折り、聞かされたのです。ご覧ください」

とお澄が座をずらしてどてらが掛けられた小山を見せた。そして、ゆったりとした動作でどてらを剝いだ。そこには膨大な書付と代々の加賀屋の主が師走に認め、歴代の前田家当主に読まれなかった書状が二百余通積まれてあった。

服部十之助が茫然と、加賀藩の極秘事項が認められた書付と書状の小山を見た。

「お澄、これをどうせよと申すか」

「代々の加賀屋の当主の陰御用についての綿密な書付にございます。服部様がお読みになればその真偽はおつきになりましょう。加賀屋の御用の二百年がたしかにあると思し召しの折りは、最前申し上げたとおり、陰御用は父の代で終わりにしてほしゅうございます」

お澄は行灯の灯心を調整し、灯りを強くした。

「こちらへどうぞ」

とふたりは狭い小舟の座を交代した。

最初の書付を選び、題字を読んだ服部が思わず、

「なんと寛永の危機始末記か」

と声を震わせた。

お澄はその場にいたが、寛永の危機がなにごとか理解がつかなかった。が、この震え声で前田家にとって極秘にすべき書付と察せられた。

お澄は苫屋根から艫に出て、昇吉と顔を合わせた。

が、言葉を交わすことはなかった。

昇吉は小舟を上流に向かってゆっくりと遡上させ、鐘《かね》ケ《が》淵《ふち》付近で反転させると大川の流れにまかせて下った。

明け方、お澄の名が呼ばれ、

「この書状、藩が、いや、それがしが引き取ってよいな」

「はい。その折り、加賀屋は一料理茶屋に戻ります」

「相分かった」

服部十之助が疲れ切った声で言い切った。

第五章　跡継ぎ

一

五日後の夕暮れのことだ。

昇吉とお澄は、服部十之助と再会し、小舟に乗って大川を遡上した。こたびは御米蔵五番堀の水辺にある首尾《しゅび》の松《まつ》の下に小舟を舫った。そして、昇吉も含めて三人で、過日の続き、この数日間の動きを話し合うことになった。

あかべいが三人の話し合いの立ち合い犬だ。

「服部様、わたしの願いを前田の殿様はお聞き届けくださいましたでしょうか」

とお澄がまず口火を切った。

「待たせたな、お澄。殿はそなたの願いを受け止められた」

「ああ、よかった」

満面の笑みを浮かべたお澄が昇吉を見た。

「めでてえな、お澄ちゃんさ」

「昇吉さんのお陰よ」

「おりゃ、右往左往しただけだよ」

「違うわ。二百年もの秘密を光の下にさらけ出して前田の殿様に聞き届けていただけたのは、昇吉さんの活躍があったからよ。でしょう、服部様」

「おお、間違いないわ」

と険しい顔で言い切った服部が、

「お澄、殿の言葉を伝えておこう。殿はまず、加賀屋の主夫婦の非業《ひごう》の死が悔《く》やまれる、お澄にそのことを詫びてくれと申された」

合掌するように両手を合わせて聞いていたお澄の瞼に涙が潤んだ。

「この数日、殿は加賀屋の代々の主が認めてきた書付と書状をお読みになり、百万石の藩政を守るためとは申せ、なんという悲惨残酷な行いの数々が繰り返されたことかと悲嘆《ひたん》なされたわ。わずか十四歳のお澄が判断したことを、われら大人が気づかなかったとは恥ずかしいかぎりじゃとも申された。

その上でな、江戸藩邸の親公儀派の重臣を呼び出されて、在府の八家の公儀御用掛《かかり》らを交えて話をなされた。八家とは加賀藩の名家と思え。

その席にそれがし、同席が許された。

実に厳しいやりとりであった。

この場の話は、お澄、加賀屋の跡継ぎのそなたにも伝えることはできぬ。じゃが、重ねて申すが、藩主前田斉広様は、加賀藩と江戸の料理茶屋うきよしょうじとの間の二百余年にわたる陰御用はもはや存在せぬ。

親公儀派、今後一切の活動はならじ、加賀藩の家臣が忠誠を尽くすは藩主一人と厳命なされ、その上での徳川幕府への忠勤があるとも申された。

その上で、それがしに極秘に加賀屋代々の主が認めた書付と書状、灰に致せ、と命じられた」

と慎重にも丁寧な口調で十四歳の娘に説明した。

その言葉を聞いたお澄が頷き、

「服部様、ありがとうございます。浮世小路の料理茶屋に圧《の》し掛かっていた悪夢は消えましてございます」

と言い切った。

「昇吉、そなたにも伝えることがある。

火付けの一件じゃが、それがしといっしょにたんぽ槍にて、火の見台から叩き落とした面々を取り調べた結果、かの者たちの所業と判明した。ゆえに南町奉行所に引き渡した。むろん親公儀派に金子で雇われ、実行した面々だ。かの者たちは加賀藩の陰御用を詳しく承知はしておらぬ。とはいえ、お澄、そなたの両親を焼死させた者どもだ。この者たちは白洲《しらす》の調べは経ずして即刻遠島処分となる手筈だ」

「加賀藩と南町奉行所は、この始末、事前に処罰を決めておったということですかえ」

昇吉が質した。

「ということだ。加賀藩は昔から南町と親密でな、うきよしょうじが火事に遭った直後から内々に両者は互いの意を汲んで動いていたと思え。昇吉は、そのことを察していたのではないか」

「へえ、八百蔵親分はなかなかの御用聞きと評判のお方でございますよ。

だがよ、こたびの探索にかぎり、半年以上ものったりとして動きがないや。そのくせ、子分ふたりがぴたりとうきよしょうじの焼け跡に張りついている。こりや、だれが見ても並みの探索じゃねえよな、親分は南町奉行所の命で、いや、ただ今の服部様の話ではっきりと分かりましたがね、加賀藩の意を汲んで南町奉行所は、かような探索を八百蔵親分に命じていたということですよね」

「そういうことだ、昇吉」

服部が言い切り、

「もはや浮世小路の料理茶屋の再開を、まずは新しい普請を阻む、なんらの理由もなくなったわ。当家の江戸家老横山《よこやま》が《が》南奉行の池田《いけだ》様と図った上で、うきようじの火付けおよび主夫婦の焼死の咎によって、関わりの者どもを遠島処分に処した」

と最前話したことを繰り返した。

昇吉もお澄もただ首肯するばかりだ。

「むろん加賀藩にも火付けと焼死に関わった者がある。この者たちの命で遠島処分となった者がいる以上、藩としても見逃すわけにはいくまい。姓名の儀は言えんが親公儀派の重臣数人が極秘に切腹を命じられ、その始末すでに終わっておる」

服部は深刻な口調で告げた。

三人はしばし重い気持ちで沈黙していたが、昇吉が服部を正視し、

「服部様、こうなるとい組の若頭の吉五郎は加賀屋のお佳世さんを嫁に迎えていいってことですかえ」

と話柄を変えた。

「この一件、前田家が関わることではないな。じゃが、昇吉の問いゆえ、それがしの気持ちを伝えようか。い組と加賀屋の長女娘の祝言、めでたいことではないかな」

「で、おれはい組に戻ってよいのでございますかえ」

とさらに昇吉が服部に伺いを立てた。

固い表情が崩れ、服部が応じた。

「その前に、そなたの極秘の探索がきっかけになって、料理茶屋うきよしょうじ火付けの下手人を捕えたことが近々読売に載ろう。真実を承知のそなたには物足りないかもしれんが、我慢せよ」

「えっ、おりゃ、また読売で叩かれるのか」

「それはあるまい」

「そうか、若頭も読売の新三郎も最初から加賀藩や南町奉行所とつるんでいたの

か」

昇吉は胸の中の疑念を念押しして確かめた。

「若頭も読売屋もうきよしょうじの火付けの騒ぎが終わらないのを見て、なんとかせねばと考えられたのはたしかであろう。若頭がそなたをい組の外に出した辺りから事が動き出したでな。ともあれ、そなたがい組に大威張りで戻れるのは読売が売り出されたあとのことだな」

と服部がにっこりと笑った。

「聞いたか、あかべい。おまえの前の飼い主に出会って以来、読売で上げたり下げたりされたが、右往左往した末に、また名が読売に載るとよ。どう思うな、あかべい」

と話しかけるとあかべいが嬉しそうに尻尾を振ったが、なにかに気づいたように喜びの仕草を止めた。

「あかべい、心配致すな。おまえはな、浮世小路の料理茶屋の新しい娘主人が飼ってくれるとよ。そう、新しい飼い主はお澄ちゃんだぞ」

昇吉が言うとあかべいの顔が和《なご》んだ。

「うきよしょうじの普請中の数月もな、敷地の中か、伊勢町堀の堀留に舫われた屋根船で番犬役を務めるのだ。なんぞあれば、おれもい組から駆けつけるからよ」

と昇吉が言い、お澄があかべいを抱いて、

「わたしの恩人は昇吉さんと服部様、それにあかべい、そなたよ」

と言い切った。

昇吉は、服部を浜町堀の川口橋まで小舟で送った。するとそこには加賀藩江戸藩邸の持船が待ち受けていた。

「服部様、新しいうきよしょうじの普請が成りました折りには、ぜひ加賀のお国料理を食《しょく》しにおいでくださいませ」

「それがしだけというわけにもいくまいな」

「殿様がお忍びにてお見えになるならば、姉のお佳世もわたくしもこれ以上、喜ばしいことはございません」

「それがしの勘じゃが、殿様は、必ずや、参ると申されよう」

「先々、楽しみが増えました」

とお澄が答え、小舟の苫屋根の下から出ようとした服部に、

「服部様よ、あの莨入れだがよ、加賀様のお宝のひとつかえ」

と昇吉が質した。

「そなた、やはり気になるか」

「服部様もよ、あんな値の張る莨入れを喜多村家の火の見台に置きっぱなしにして、おれを焚きつけたけどな、おれの幼馴染が莨入れを持ってきてよ、おれに渡さなきゃえらい目に遭ったんじゃないか」

「おお、そのことよ、正直なところびくびくしておったわ。そのほう、町火消に戻るには勿体《もったい》ないな。どうだ、お澄を助けて、うきよしょうじに奉公せぬか」

えっ、という驚きとも喜びともつかぬ表情を見せたのは、お澄だ。

「服部様よ、お澄ちゃんの周りには先代以来の番頭さんや奉公人衆がおられますぜ。おりゃ、まず本石町の鐘撞堂の隣のよ、町火消一番組い組の新米火消に戻る。掏摸の仲間のまんまじゃ、先々、仲間たちにも世間様にもなんといわれるか分からないからさ」

と応じた昇吉が、

「どうやら最前の莨入れの話も答えられねえことのようだな」

と念押しした。

しばし間を置いた服部が、

「殿が大いに喜ばれた莨入れだがな、藩が関わる曰くがあったのだ。あの、古木綿散縫提莨入れはな、加賀藩宗主前田利家公の持物であったことがこたびの調べでわかった。つまりは、あの莨入れを通して、加賀藩とお澄の先祖は、古くから密なる縁があったということだ」

「もはや陰御用なんてもんに、あの道具は使われないってことだな」

「おお、名人上手の拵えた煙管が加わった莨入れは、いまや加賀藩の宝物のひとつじゃぞ。骨董《こっとう》に詳しい八家の長老も申されたわ」

「おりゃ、服部様の目の前の隠し戸に放り込んでいたな。見たよな、お澄ちゃんも服部様もよ」

「昇吉、ただ今の話も忘れてくれぬか、いささか面倒な、大騒ぎになりそうじゃからな」

と苦笑いした服部が加賀藩の家紋、剣梅鉢《けんうめばち》が飾られた屋形船に乗り移っていった。そして、小舟を振り返り、昇吉に眼差しを向けてしばし迷う表情を見せた。

「いや、それはあるまい」

と自分を得心させた服部をふたりは小舟から見送った。

「お澄ちゃんは、どちらに送ればいいよ。浮世小路か、それとも深川蛤町飛地か」

「浮世小路にして」

「あいよ」

昇吉が応じて小舟を出し、

「これで騒ぎは終わったんだよな」

と自分に言い聞かせるように漏らした。

あかべいとともに昇吉が櫓を漕ぐ艫近くに座していたお澄が、

「終わったら寂しいの」

「おお、おりゃ、もはやこんなふうにお澄ちゃんとよ、気さくに会うことはできないよな」

「どうして」

「だってお澄ちゃんはよ、その歳でさ、浮世小路の名代の料理茶屋うきよしょうじの女主だぞ。一方、こっちはよ、新米町火消に逆戻りだ」

「わたしたち、生涯の付き合いと思わない。かような大騒ぎを経験した間柄よ」

お澄の言葉をしばし考えた昇吉が、

「そうか、普請場にならときに顔を見せていいか。達兄いの棟梁、砂之吉親方が普請をするんだろ」

「前のお店と住まいの面倒をずっとみてきたのよ、こたびも砂之吉親方に願うわ」

十四歳の料理茶屋の女主人が言い切った。

「達兄いに聞かせていいか。兄いは、大喜びで棟梁と親父に知らせるぞ」

「むろんいいわ」

「よっしゃ」

と応じた昇吉だが、なんとなく服部の最後の表情が気になった。するとお澄も同じことを考えていたか、

「あかべいだけど、今晩から屋根船に泊まらせていい。一日も早く慣れてほしいの」

「おお、そりゃ、構わないぜ。おれもいつまでも中洲の小屋やこの小舟に寝泊まりするわけじゃないからな」

昇吉が服部の表情を忘れた顔で応じた。

しばし無言で日本橋川の流れを見ていたお澄が、

「昇吉さん、浮世小路の焼け跡の地下蔵がどうなっているか、気にならないの」

「とどのつまりよ、加賀藩の面々や町奉行所やめったやたらと立場の違う者たちが睨み合いをしてよ、だれもが手をつけられなかったんだよな。それとも最初から地下蔵に大事なものは入ってなかったか」

「亡くなったお父つぁんがわたしに言い残していたの。石造りの地下蔵はたしかにあるのよ。だけど手順を踏まないで入り込もうとする人がいたら、泉水の水が地下蔵いっぱいになって忍び込もうとした人は溺れ死ぬ仕掛けがしてあるの」

「えっ、なんて仕掛けだ。お澄ちゃんは、泉水の水が流れ込まない手順を承知しているってことか」

「この秘密はうきよしょうじの跡継ぎだけが承知のことよ、だけど、わたしは未だこの目で見たことはない。普請の基の工事が終わったあとね、地下蔵を開けるのは」

「そうか、そういうことか」

「うちの秘密を昇吉さんも知ってしまったわね。どういうことだと思う」

「おれの口を塞《ふさ》ぐか、お澄ちゃん」

昇吉の言葉に不意に立ち上がったお澄が、

「顔をわたしに傾けて」

と言い、昇吉はなにげなく腰を屈めた。

お澄の顔が近づき、ふいに昇吉の唇にお澄の唇が重ねられた。

爽やかな香りに一瞬、頭がくらくらし、五体に熱いものが奔《はし》りぬけた。

「わたしが昇吉さんの口を塞ぐときはこうするわ」

十四歳の娘が言い切った。

いつの間にか江戸橋が見えてきた。

昇吉は未だお澄の不意打ちの所業に喜びを隠しきれず荒布橋を潜った。

「昇吉さん、明日からまた忙しくなるわよ」

「なるな」

と応じながら手の甲でお澄の唇が触れた自分の唇を触れてみた。

「あかべい、いいか、お澄ちゃんたちをしっかりと守るんだぞ。おれも、最後の夜、稲荷社の床下でふたりを見張っているからな。もはやよ、おれには小舟も小屋も要らないよな、おりゃ、もう一人前の大人だもんな」

あかべいに言い聞かせるつもりで己に言い聞かせていた。

昇吉は屋根船の泊まる堀留の手前でお澄とあかべいを降ろした。

「また明日な、お澄ちゃん、あかべい」

「離れていてもわたしたち、いつもいっしょよ。ねえ、あかべい」

と言い残したお澄とあかべいが本町三丁目裏河岸に上がった。あかべいを従えたお澄が屋根船に乗るのを確かめた昇吉は、小舟を日本橋川へと向け直した。

夜半九つ過ぎ、昇吉はうきよしょうじの屋根船が見える稲荷社の床下にいた。見張り最後の夜だ。

あかべいは屋根船の中に入れられていたが、なんとなく昇吉のことを気にしてか、それとも加賀屋の番頭を始め、大勢の奉公人を気遣ったか、くんくんと鳴いていたが、夜半を過ぎてようやく落ち着き、眠った気配だった。

昇吉は明朝いちばんで、達兄いの棟梁の家を訪ねようと考えていた。

堀留界隈にもはや御用聞きの八百蔵親分の手下が見張りをしている様子はなかった。

（お澄ちゃん、おれも最後の見張りだぞ）

と言い聞かせながら、屋根船の軒下に挿された風車がくるくると夜風に回っているのを目に留めた。むろん白い風車だ。

昇吉は、

「そうだ、い組の吉五郎若頭とも会って、ことが終わったことを報告しなきゃあな、おれ、い組に戻れないよな」

とあれこれと考えながら白い風車を見ていた。

八つの時鐘が本石町の鐘撞堂から響いてきた。聞き慣れた鐘の音だった。

そのとき、ふわっ、とした黒い影が浮世小路の加賀屋の焼け跡を過《よ》ぎった。

(おや、服部十之助様が今晩も姿を見せられたか)

と思ったとき、手にした松明の灯りに覆面の着流しが浮かんだ。

背丈が服部より低いようだ。

(どういうことだ)

あかべいがなにかに気づいて立ち上がった気配がした。

(うん、こやつ、服部様じゃねえや)

昇吉がこれまで見てきた黒ずくめの着流しはふたりいたのか。

(この野郎、屋根船を燃やそうとしてやがるな)

昇吉は稲荷社の床下から飛び出し、河岸道から屋根船の艫に跳んだ。

松明と桶を手にした着流しは、よく見ると服部とはまるで違った雰囲気を持っていた。

「おまえさん、何者だえ。火付けをしようなんて、い組火消、昇吉様が許さねえ」

「くそっ」

と相手が吐き捨てた。

「新米火消か、火の見台の借りは返すぜ」

「おめえ、火の見台で服部様とこの昇吉のふたりに屋根から突き落とされたひとりか」

「そんな間抜けじゃねえや。だがな、おれの子分どもが捕まり、遠島だとよ。くろ髭《ひげ》の磯松《いそまつ》、子分の仇を討つ」

「しゃくらせえ。火消の昇吉を甘くみたな、おめえの運のツキだ」

ふたりの問答を加賀屋の屋根船の面々が聞いて灯りが点された。

手拭いの下に髭面が浮かんだ。

磯松が油の入った桶を屋根船に向かって投げた。

昇吉は後ろ帯の鳶口を摑むと飛んできた桶を伊勢町堀に叩き落とした。

匕首を手にした磯松が松明を翳《かざ》しながら昇吉に突っ込んできた。

同時に昇吉の鳶口がひらめき、松明を無視して、鳶口で匕首を摑んだ磯松の右手首を強《したた》かに殴りつけた。

ぎえっ

と悲鳴を上げた磯松が立ち竦《すく》み、その額に鳶口の柄がこつんと打たれてその場に圧し潰した。

屋根船からあかべいが飛び出し、ワンワンと吠えた。

「事は終わったぜ、あかべい」

と応じた昇吉をお佳世が、

「昇吉さん、なんの真似なの」

と驚きの声を張り上げ、その傍らでお澄がにこにこと笑った。

二

翌日、伊勢町堀の堀留に泊められた加賀屋の屋根船に、い組の吉五郎若頭と読売の新三郎が招かれた。

迎えたのはお佳世とお澄姉妹に昇吉の三人だ。

「昨夜はお手柄だったようだな、これで騒ぎは終わったかえ」

吉五郎が昇吉に穏やかな口調で質した。

「へえ、おれが知るかぎり浮世小路の料理茶屋の火付け騒ぎが新たに起こることはもはやありませんぜ」

と昇吉が淡々と応じた。

「昇吉さんよ、難儀をかけたな、このとおり詫びるぜ」

と新三郎が頭を下げ、昇吉が顔を横に振った。

「最前、八百蔵親分に会って昨夜の一件、話は聞いてきた。だがよ、直に関わったのはおまえさんひとりだ。なにがあったのか、話してくれないか。

おまえさんが掏摸のうの字の仲間なんかじゃないという訂正の読売を書かないと落ち着かなくてね」

昇吉はちらりとお澄を見て、

「へえ、昨日の夕方のことですよ。お澄ちゃんとおれはさ、加賀屋うきよしょうじの火付けについて、おれがい組を出てからの動きやらその反応やらを確かめ合ったのさ。それで、もはや料理茶屋に振りかかった難儀はないという考えで一致したんですよ。

正直その折りの気持ちは、い組にこれで戻れるぞって喜びながら、なにか見落としてないかという不安に苛《さいな》まれていたんでさ。うの字の飼い犬だったあかべいを料理茶屋で預かってくれるとお澄ちゃんに言われて、ほっとしてさ、おれひとり、中洲の埘に戻ろうかとも考えたんだがな、独りになってみるとえらく寂しいや。

それでこの屋根船の見張り所にしていた、ほれ、あの稲荷社の床下で、い組に戻る最後のいち夜を過ごしたんでさ」

「寂しかったら、わたしに声をかけてくれればよかったのに」

お澄が呟くように言った。だれもがその言葉を聞いたが、なにも言わなかった。

「これ以上あちこちに迷惑をかけちゃいけねえなんてさ、思ったりしてな、稲荷社の床下から屋根船を見ていたのさ」

昇吉がお澄をちらりと見て、お澄がこくりと頷くと新三郎に視線を戻した。

「最後の見張りの夜に、火付けの一味の頭分、くろ髭の磯松が姿を見せやがったじゃねえか。おりゃ、あいつもさ、八百蔵の親分方にとっ捕まったと思っていたから、驚いたぜ。でも、得心もしたんだ。あいつは、そう容易く番屋なんぞに連れていかれるタマじゃない。

おれがあかべいと稲荷社の床下から見張っているときも、姿を幾たびか見せて、うきよしょうじの焼け跡にえらく関心をみせていたんだよな。それでいて、八百蔵親分の手下たちから逃げる術《すべ》を承知の野郎でね、そいつがなんと火縄と油を入れた桶を提げているじゃないか。

おりゃ、直ぐに、野郎、うきよしょうじの屋根船に火付けをしやがる心算だな、と気づいてよ、鳶口を手に稲荷社から飛び出したってわけだ」

昇吉は、加賀藩前田家と料理茶屋を営む加賀屋との陰御用に、一切触れることなく新三郎に告げた。

新三郎も加賀藩と加賀の出の加賀屋との極秘の関わりはそれなりに承知していたが、読売で触れられない以上、知らぬ振りをして昇吉の話に口を挟むことはなかった。

「およそ分かったぜ、昇吉さんよ。

おれは昨夜の騒ぎをすでに書き上げているのさ。い組の火消昇吉さんが昨年末のうきよしょうじの火付けの一件と主夫婦が焼死した非業をよ、い組の若頭の吉五郎さんから極秘の命を受けて、探索していたこともな、ことこまかに書いてあるんだ。あとは昨夜のくろ髭の磯松と昇吉さんの対決を読売の冒頭に触れてな、今日じゅうに読売にして派手に売り出す、いいな」

「新三郎さん、頼んだぜ」

とどことなくほっとした昇吉が頷いて、

「おりゃ、い組に戻っていいですか、若頭」

吉五郎に願うと、

「おお、おれが考えていた以上の難儀だったな。畑違いの難儀に食らいついて、よくも火付けのくろ髭の磯松を最後の最後にとっ捕まえてくれた、昇吉。よう頑張った。むろん読売を手に、胸張って、い組に戻ってこい。一連の騒ぎは必ずおめえの先々に役立つはずだ」

と吉五郎は褒め言葉とともに許しを与え、

「新三郎さんよ、くろ髭の磯松はどうなりそうだね」

と訊いた。

「へえ、若頭、その一件ですがね、八百蔵親分の話だと、うきよしょうじの火付けと七兵衛さんとお香さん夫婦を焼死させた罪だけで十分獄門台にのせることができると言ってなさった。

昇吉さんよ、おめえさんの昨夜の手柄で、江戸じゅうに驚きが奔るのはたしかだぜ、うちの読売も売れ行きが見込めるしな、読売になったら改めて、い組には礼に出向く。おれはこれからひと仕事だ」

と言い残した新三郎が早々に屋根船から出ていった。

それを見送っていた昇吉が、

ふうっ

と大きな吐息をついた。

「昇吉さん、ご苦労さんでした」

と黙っていたお佳世が昇吉を労《ねぎら》った。

「お佳世さん、おりゃ、若頭の命でいささか畑違いだが、うちの縄張り内の火付け騒ぎの下手人がだれなのか、騒ぎ立ててみせただけだ。素人の右往左往に最後の最後、くろ髭の磯松が引っかかりやがった、それだけのことだ。礼を言われることはないぜ」

「お父つぁんとおっ母さんの仇を昇吉さんが討ってくれたのよ。お澄といっしょにありがとうと礼を言わせてもらうわ」

お佳世とお澄の姉妹が昇吉に深々と頭を下げた。

「参ったな」

と照れた昇吉が、

「ふたりして顔を上げてくんな。ああ、そうだ、余計なことだが、お佳世さんはさ、若頭の嫁になるかえ」

ふっふふ、と笑みの顔で吉五郎を見たお佳世が、

「うきよしょうじの普請が叶った折りに、浮世小路の新しい加賀屋からい組の若頭のもとへ嫁入りするわ」

と言い切った。

「めでてえな」

と昇吉は答えながら、なにか忘れているような気がした。

「それもこれも昇吉、おまえの働きだ。おれも礼を述べるべきだろうな」

吉五郎がこちらも満足げな顔で言った。

「それにしても魂消《たまげ》たのは亡くなった七兵衛さんがお澄さんを早々に加賀屋の跡継ぎに決めていたことだよ。十四歳で老舗の料理茶屋の主か、こりゃ、大変なことだぞ」

と新たな不安を口にした。それで思いついたことを忘れた。

それに対してお佳世が首を横に振り、

「吉五郎さん、よくよく考えてみたら、うきよしょうじの主は、姉の私より妹のほうが慎重な気性からいってもうってつけだと思うわ。それに代々の先祖が育ててきた番頭の伽耶蔵を始め、料理人や女衆がいるもの、大丈夫、お澄は、立派な女主になると思う」

と応じて、吉五郎を見た。

「若頭、お澄には昇吉さんという知恵者が従っていると思わない。こたびのことだって、昇吉さんの働きは、加賀藩も南町奉行所もうちも、それにい組も感謝しても足りないほどでしょ。どう、それでもお澄がうきよしょうじの娘主になることが心配、となると私、いつまでも吉五郎さんの嫁になれないわよ」

「そいつは困ったぞ」

「でしょう」

とふたりが言い合った。

「お澄、新しい料理茶屋うきよしょうじの普請にどれほど月日がかかるかしら」

「砂之吉棟梁は、今年じゅうに仕上げると言ったのよね、昇吉さん」

とお澄が昇吉を見た。

「おお、お澄ちゃんの命でな、最前、若頭やお佳世さんに会う前に棟梁に会ってきたぜ。そしたら、新年には新しい料理茶屋うきよしょうじの商いができるとさ、おれに約定しなさったぜ」

と妹と昇吉の問答を聞いたお佳世が、

「分かったわね、若頭。このふたりは私たちが考える以上に遣り手なの」

「驚いたな。となるとおれたちの出る幕はないか」

「ないわね」

お佳世と吉五郎が顔を見合わせ、

(い組はまた昇吉を失うわけか)

(待って、若いふたりには長い歳月が待っているわ。私たちの祝言が先よ)

と阿吽《あうん》の呼吸で無言の問答を交わした。そんな大人ふたりを見ながら、

「若頭、おりゃ、読売が売り出されたあと、い組に戻っていいんだな」

と昇吉が念押しした。

「おお、五代目総頭の江左衛門もおれも、同輩の野郎どもも待っているぜ」

「よかった。秋になってよ、中洲の小屋も小舟もよ、稲荷社の床下もいささか寒いや。やっぱり屋根の下がいいよな」

と正直な気持ちを告げた。

昇吉はお澄を伴い、棟梁の砂之吉親方の家を訪ねた。

うまいことに棟梁はうちにいた。

「おや、どうしたえ、最前、顔を見せたと思ったら、加賀屋の妹娘さん連れでどうしなさった、い組の若い衆よ」

「棟梁、最前は使い走りのおれが面を出したが、こたびは加賀屋の新しい主を伴っての訪いだ。むろん新しい普請に取りかかってほしいって注文だぜ」

「うむ、姉娘のお佳世さんはあれこれと忙しいか。妹さんのお澄さんが姉様の代役か」

と質した。

「長年出入りの棟梁にも知らねえことがあるか」

「なんだ、昇吉、知らないことってよ」

「加賀屋七兵衛さんの跡継ぎは、この妹のお澄さんなんだよ」

「なんだと、お澄さんはいくつだ」

「十四歳だが、七兵衛さんが身罷る前にお澄さんに跡継ぎを託していたんだよ」

「驚いたな、余計なことだが、お佳世さんも納得か」

「お佳世さんはい組の若頭のところに嫁に入るんだ。七兵衛さんはそのことを考えて、お澄さんを跡継ぎに決められたのさ」

「なんとなんと、さようなことか。おれも長いこと大工をしているが十四歳の娘の施主は初めてだぞ」

「棟梁、なんでもよ、物事の始まりはあるもんだ」

と言い切った昇吉がお澄を見た。

「棟梁、昇吉さんに口利きしていただきましたが、わたしが亡きお父つぁんのあとを継いで加賀屋の六代目に就きましたお澄にございます。

火付けに遭ってから七月が過ぎまして、棟梁にも長いことお待たせしました。ようやく木場の材木商飛驒屋左之助《ひだやさのすけ》様方に預けてございます木組みを使い、浮世小路に一日も早く新しい加賀屋の住まいと料理茶屋うきよしょうじの普請をお願い申し上げます。ここに手付けの二百両を持参致しました。お受け取りのほど、お願い申します」

との挨拶に、

「ううーん」

と唸った砂之吉が長火鉢の前で座り直し、

「畏まってございます」

と十四歳の娘施主に頭を下げた。


棟梁の家からの戻り道、甘味処、おいちの店に立ち寄った。

お店には客はだれもいなかった。

「最前までお佳世とい組の若頭が来ていたよ。お澄がうきよしょうじの六代目の主だってね。うちはどっちがなってもいいけど、ふたりがいなくなると、うちの甘味処の客が減ってしまうよ。このところ、ふたり目当ての若い男が増えていたのにさ」

とぼやいた。そして、昇吉を見て、

「おまえさん、い組に戻るらしいね。読売に褒められたり貶《けな》されたり、こんどはまたなにやら読売を騒がすそうな。この界隈の人は、昇吉はい組の新米火消か、掏摸の下っぱのどちらがほんとの姿だと噂しているよ。のんびりとうちでお澄の相手なんぞしていると、八百蔵親分が十手翳して捕まえに来るよ」

「おばさん、八百蔵親分も最初から昇吉さんがうの字さんの掏摸仲間でないことは承知のことよ。あの読売に引っかかったのはうちの料理茶屋を焼き、お父つぁんとおっ母さんを焼死させた悪者、なんと言ったかしら」

「くろ髭の磯松」

「そう、そのくろ髭の磯松さんと一味を引っ張り出す役目を昇吉さんが務めていたのよ。むろん、読売の新三郎さんもい組の若頭も承知のことよ。だから、八百蔵親分が昇吉さんに十手なんて突きつけないわ」

とお澄が騒ぎを手短に告げた。

「ふーん、新米火消がそんな役目をね」

とおいちがしげしげと昇吉を見て、

「そうだね、この顔は悪人面《づら》じゃないかもしれないね」

「おばさんも新三郎さん以上に昇吉さんを蔑《さげす》んだり、褒めたりしていない」

お澄が名物の汁粉と茶を注文した。

「お澄、うきよしょうじの普請が成るのはいつだえ」

「この師走よ」

「ならば、お澄だけでもいいから時にうちの手伝いをしてくれないかね。甘味処の客は娘とかおかみさんだったろう。それが、お佳世とお澄が手伝ってくれるようになってさ、この界隈の若旦那衆が来るようになっただろ、このことはお澄も承知だよね。ふたりがいきなりいなくなると、うちも痛手だよ」

「いいわ、普請の最中、暇のときは手伝いに来るわ」

お澄が言い、おいちが、ほっとした表情を見せた。

「大坂屋のお内儀、まだ呉服町新道の小間物問屋三條屋の若旦那だかなんだかの、美濃助を連れてくる」

とお澄が話柄を変えた。

「のっぺりした美濃吉は一度連れてきたよ。ありゃ、遊び人だね。い組の若頭が断然いいよ」

と美濃吉と吉五郎の名を並べていたが、

「おお、思い出した。お澄、江戸じゅうを驚かせる騒ぎが近々起こるよ、昇吉の騒ぎどころじゃないよ」

とおいちが喚いた。

「なんなの」

「両替屋行司の大坂屋が左前《ひだりまえ》になってさ、両替屋の看板、天秤だかなんだか、御勘定所《おかんじょうしょ》に取り上げられるとさ。妙な抜け荷商いの失敗がお上の知るところになったそうだよ。

そんでさ、三條屋も抜け荷商いに大坂屋に借金して金子を出していたんだそうだ、こちらも店仕舞いと聞いているよ」

「じゃあ、お姉ちゃんとの見合いどころじゃないわね」

「大坂屋は、奉公人たちがお上の手が入る前に逃げ出しているもの、見合いどころじゃないよ。お内儀もこの界隈にはいないと思うな」

とおいちが言い切り、奥へ入っていった。お澄の注文を仕度するためだ。

「お澄ちゃんよ、こたびの騒ぎ、不景気なご時世を浮かび上がらせたと思わないか。両替屋なんて分限者の頭分だよな、それが看板を下ろすなんてありか」

と言った昇吉が、

「お澄ちゃん、おまえさんも気を引き締めないと危ないぜ」

「どういうことよ」

「十四歳の女主ってんでよ、あれこれと手出ししてくる野郎が必ずいるぜ。最前も棟梁に二百両も手付け金を渡したよな。普請が終わったとき、いったいいくら支払うんだ」

「大火事になった折り、江戸じゅうが燃えたことがあったの、むろんこの室町界隈も浮世小路もよ。三十数年前の話かな。その折り、うちが砂之吉棟梁の先代にいくら支払って普請したか深川の別邸に保管してある大福帳《だいふくちょう》を調べたのよ、五百三十五両だったわ。だからこたびの手付け金に二百両持参したのよ」

とお澄は棟梁がふたりの見ている前で認めた受取を信玄袋《しんげんぶくろ》の中から出して拡げて改めた。そして、その中の文言を読み上げた。

「手付け金として二百両確かに受領候。当普請完成の折り、三百七十両の残金請求候」

とあった。

「おりゃ、そんなとこまで読まなかったぞ」

「それはそうよ。わたしは加賀屋の六代目なの。金勘定や支払い受取は一文だって漏らさず確かめるわ」

と言い切った。

「驚いたぜ、ただの十四歳じゃねえな」

「知らずに付き合っていたの」

「でもよ、手付けの二百両なんてあっさり仕度できたな。そうか、番頭の伽耶蔵さんが加賀屋の金蔵を預かっていたか」

「伽耶蔵からもらい受けたというの。お父つぁんがわたしを六代目にすると決めた日から、わたしは加賀屋の金蔵の管理を任されていたのよ。屋根船での暮らしの費えにいくらかかると思う」

「商いしているわけではねえから、金が出ていくだけだよな。奉公人が八人か」

「九人よ。そんな住み込みの奉公人の一年に二度の給金支払いだけでも百七十二両と二分一朱よ」

「そりゃ、てえへんだ」

「伽耶蔵がうちに勤めて三十二年、これまでの給金を浮世小路と深川蛤町飛地別邸に、分けて保管してあるわ。百二十両三分二朱よ」

「そんなことまでお澄ちゃんの頭に入っているのか、魂消たぜ」

「お金というもの、一文だって疎《おろそ》かにしてはいけないの」

「おりゃ、ダメだ」

「どういうこと」

「金子のことなんか考えたこともねえよ。火消だもんな、火事場で身罷ることだってあるだろ、宵越しの銭を懐に入れていちゃならねえと、兄いたちに常々言われているんだ」

「昇吉さん、わたしがお金ってなにか教えてあげる。長い付き合いになるんでしよ、わたしたち」

そんなお澄を昇吉は無言で見返した。

三

浮世小路の加賀屋うきよしょうじの再建工事を始めるに際して地鎮祭《じちんさい》が催された。

施主のお澄は、神田明神の宮司《ぐうじ》に願って普請が無事に果たせるように修祓《しゅばつ》、降神《こうしん》、祝詞奏上《のりとそうじょう》、四方祓《しほうはら》い、地鎮、玉串《たまぐし》拝礼、昇神《しょうしん》、直会《なおらい》などの神事を執り行ってもらうことにした。

お澄は、姉のお佳世を伴い、棟梁の砂之吉や、町火消一番組い組の五代目総頭江左衛門をそれぞれ地鎮の行事の前に訪ねて、地鎮祭がどのようなことかを尋ねていた。

当日の朝、真《ま》っ新《さら》のい組の長半纏を着込んだ昇吉が整地された加賀屋うきよしょうじに向かうと斎竹《いみたけ》が四方に立てられ、大勢の人々が顔を揃えていた。

昇吉の顔を見た参列の人々から、

「おお、い組の立役者が姿を見せましたな」

とか、

「掏摸を捕まえたと思ったら、仲間だったなんて読売に書かれた若い衆がこの界隈にいましたかねえ。それに、こたびはなんと陰御用をい組の五代目と若頭に申しつかって、まるで八百蔵親分の子分もどき、うきよしょうじの火付けの下手人を捕まえたっていうじゃありませんか。町奉行所も八百蔵親分も形無《かたな》しですな」

と一々経緯を大声で説明する者までいた。むろん数日前に売り出された読売を読んだ面々だ。

「ご一統様、いかにも本職のわっしの面目は丸つぶれだ、こたびの一件は許してくんねえ」

八百蔵親分が話に加わったが、その顔は笑みさえ浮かんでいた。

「おや、言葉と顔つきが違うな、親分さんよ」

と話に割り込んできた者がいた。

瀬戸物町の算盤《そろばん》問屋の主梅造《うめぞう》だ。

「そりゃそうですよ。親分もい組も奉行所もすべて承知で昇吉に好きなようにやらせたというじゃありませんか」

と応じたのは魚河岸の魚屋得平《とくべい》だ。

「そりゃ、真ですか」

と梅造が応じて昇吉を見た。

「へえ、ご一統様、おりゃ、夜中によ、この界隈をうろうろと彷徨《さまよ》ったり、見張りの真似ごとらしきことを務めているうちに、相手が勝手に姿を見せてさ、すっころんだところを日本橋南詰の八百蔵親分さんの子分衆が縄をかけなすったんでよ、読売に書かれるような大したことはしてねえんだよ。魚得の旦那が申されたように奉行所や親分、い組の若頭の掌でよ、走り回っただけなんだよ」

と応じていた。

若いお澄は秋の日差しに映える京友禅を華やかに着こなして、大勢の客に応対していた。十四歳の娘施主は、参列の人々の間を余裕の態度で一人ひとりに挨拶して回り、姉のお佳世がそんな妹を陰から手助けしていた。

「名主さん、七兵衛さんの後釜が娘というので案じたが、どうしてどうして立派に施主を務めておられますな。これならば、うきよしょうじが商いを再開しても大丈夫でしょうな」

名主の喜多村彦右衛門に話しかけたのは、三井越後屋の大番頭の四方木平右衛門だった。

「おたくには大勢の奉公人がおられますがな、十四歳でこれだけ采配《さいはい》がふるえる男衆がおりますかな」

「名主さん、とんでもない話ですわ。うちで奉公する十四歳は表通りの掃き掃除もまともにできん小僧見習です。

なんと加賀屋さんの当代は、堂々とした上に分を心得え、かつ愛らしゅうございますな。これで浮世小路に改めて二輪の花が咲き揃いましたな」

「三井越後屋の大番頭さん、噂に聞いたんやが、姉のお佳世さんは、どこぞに嫁に行くとか、姉さんの嫁入りで妹に老舗の料理茶屋の主が回ってきましたんかいな」

と問答に加わったのは大坂が本店の小道具問屋、木屋《きや》の宗太郎《そうたろう》だ。

「宗太郎はん、お澄さんはお佳世さんが嫁に行くんで、このお店の主に成り代わったんやないそうな。

先代の七兵衛はんがだいぶ前にお澄さんを跡継ぎにと命じていたそうや。むろん姉様がどなたはんかと夫婦になると七兵衛はんは察していたんやろうがな」

と三井越後屋の大番頭が名主を見た。

「いかにもさようです。姉様のお佳世さんは、ほれ、火消一番組い組の吉五郎さんと近々祝言を挙げられます。それで私が仲人を頼まれてます。このうきよしょうじの新築披露と同じころに祝言と聞いています」

「おお、姉様はい組の若頭のもとへ嫁入りですか。身罷った七兵衛さんとお香夫婦も、あの世で安堵しておられましょう」

などとあちらこちらで噂話に花が咲いた。


昇吉は人混みから離れて、水が抜かれてこの地鎮祭に合わせて新たに水が入れられた泉水を見ていた。

お澄から水が抜かれると聞いて、その作業中、若頭に断わって浮世小路に詰めていた。というのも加賀屋の地下蔵は、万が一盗人などが入り込んだ折り、泉水の水が流れ込んで不法な侵入者の盗みを阻む仕組みが備えられているとお澄から知らされていたからだ。

昇吉はまずその泉水の水が地下蔵に流れ込む仕組みと、地下蔵の一部でも確かめられないかと、作業の間、目を凝らして見守った。だが、なんとなく地下蔵の位置は推量できたが、泉水の水がどうしたら地下蔵に流れ込むのか、その仕組みは分からなかった。

泉水に新しい水がはられたとき、お澄が、

「昇吉さん、仕組みが分かった」

と笑みの顔で問うたものだ。

「どうやら、お澄ちゃんは承知しているようだな」

「わたしは六代目の加賀屋の主ですもの、当然承知よ」

「だよな、他人に容易く知られたんじゃ意味がないやな」

「昇吉さん、泉水の水が抜かれたとき、わたしは地下蔵を初めて覗き込んだわ。うきよしょうじの沽券、書付、銭箱に貴重な器類が無事にあるのを確かめたの」

「お澄ちゃん、ひとりで地下蔵を確かめたのか」

「いえ、番頭の伽耶蔵が従ったわ。代々主のほか、信頼できると主が思った番頭には知っておいてもらうんですって」

「老舗というのは万全の仕度がしてあるんだな。うきよしょうじの身代を狙う盗人が火付けをしたくらいでは容易く地下蔵に入り込めないってわけだ」

「そういうことよ」

と言ったお澄が顔を昇吉に寄せて、

「いつの日か、わたしに代わって地下蔵を守ってくれない、昇吉さん」

と言ったものだ。

「お澄ちゃん、おりゃ、い組の新米火消だぞ。二足の草鞋ははけないよな」

「だから、お姉ちゃんが吉五郎さんのところに嫁に行くわよね、今年の師走よ。その時期に、このうきよしょうじが新たに開業するのよ。でも、お姉ちゃんはい組の嫁としての務めがあるわ、でしょ」

お澄が昇吉の顔を見ながら言い切った。昇吉はなにも答えられなかった。するとお澄が突っ込んだ。

「わたしひとりに料理茶屋の主稼業をやらせるつもり」

お澄と昇吉は近くで互いの顔を正視し合った。

「おれにどうしろと言うんだ」

「昇吉さんはわたしの婿になるのよ。いえ、いま直ぐでなくてもいいわ、い組からうちに来てわたしの手助けをするのよ。お互い若いもの、わたしがいまのお姉ちゃんの歳になったころ、わたしたち、祝言を上げて夫婦になるの」

お澄は重大事をあっさりと言い切った。

昇吉は、お澄の言動を考えてきた。十四の娘が老舗の料理茶屋の主になること

には不安がつきまとっていよう。それがこのところの言動の数々なのだと改めて自分に言い聞かせて、

(浮ついちゃならねえ、落ち着いて返答をしろ)

と己に命じた。

「お澄ちゃん、おれには夢にも考えられないことだぜ。なにしろ、紺屋町の米屋の家作、裏長屋の生まれだしな、お澄ちゃんとおれはすべてが違ってねえか」

「それは言いっこなしよ、大事なのはわたしが昇吉さんの人柄を信頼していることよ。わたしがだれか他の男の人を婿にもらっていいの」

「おれ、そんなこと考えたくねえよ」

「でしょう。わたしがね、お父つぁんから跡継ぎだと言われたとき、わたしは自信がなかったの。

そんな折り、昇吉さんとおばさんの甘味処の前で再会したわよね。すぐに火事の折り、炎の中に飛び込んで、わたしたちや奉公人を助けてくれたい組の若い衆だ、と分かったわ。その瞬間、わたしはこの人と必ず夫婦になると思ったのよ」

「驚いたな、おりゃ、お澄ちゃんの考えているような立派なもんじゃねえぞ、未だ足りないことだらけだぞ」

「昇吉さんは十七、わたしは十四歳、ふたりして足りないことばかりよ。だから、ふたりして助け合って生きていくのよ、分かってくれた」

「ああ」

と返事をしたとき、昇吉は夢を見ていると思った。だが、夢を現《うつつ》にするかどうかは、

(お澄の婿として相応しい何年もの努力)

をするしかないと思った。

「いい、この話、当分わたしと昇吉さんのふたりだけの秘密よ」

「分かったぜ」

と言いながら胸のうちに熱い想いが沸き上がってきた。

そんなふたりを吉五郎とお佳世、そして、加賀藩の御近習衆の服部十之助が見ていた。

「あのふたり、兄妹のように仲がようございますな。幼馴染ですかな」

と服部がだれとはなしに質した。

「ふたりが知り合ったのは、このうきよしょうじが火付けに遭ったときですよ」

「というと七、八月前ですか」

「ご存じのように昇吉はうちの新米火消ですがな、浮世小路の火事の折りは、わっしが命ずる前に炎の中に飛び込んでいって、お佳世さんやお澄ちゃんや、奉公人を安全な場所へと避難させておりましたな。とはいえ、昇吉には、お佳世さんやお澄ちゃんを助けたという考えはなかったでしょう、生きるか死ぬか、必死の働きでしたからね、それほどひどい炎でしたよ。それより昇吉には、先代の主夫婦、七兵衛さんとお香さんを助けられなかったという悔いしか残っていませんでしたよ」

吉五郎の言葉に服部ばかりかお佳世も驚きの眼差しを向けた。

「わっしもね、そのことに気づいたのは、ひと月半前かね、上総屋さんの火の見台に上がって日本橋から今川橋まで見下ろしたときだよ」

「私たちがおいちおばさんの甘味処を訪ねたときのことよね」

「そうだ。昇吉は、お佳世さんとお澄ちゃんを見て、うきよしょうじの姉妹と直ぐに分かったのさ」

「だけど、火事の折り、私たちを助けたという考えが昇吉さんにはなかったと吉五郎さん、言わなかった」

「ああ、言ったよ。繰り返しになるが火事から半年あまり経ってよ、昇吉がうきよしょうじの主夫婦の死を気にかけているとわっしが察したのはそのときだ。

七兵衛さんとお香さんの非業の死と、火事の折り、避難させたおまえさんたち姉妹がひとつの身内だったと気づいたのは、そのときではあるまいか」

「そうなの、昇吉さんと吉五郎さんが上総屋の火の見台から私たちを見たと言ったわ。あの日、昇吉さんを変えるいろいろな出来事があったのよね」

「そうだ、うの字とかいう掏摸の所業を見て、昇吉はうの字をとっ捕まえた。それを読売屋の新三郎さんが見て読売に仕立てた」

「へえ、妙な出会いでしたぜ」

新三郎が三人の話を聞いていたか、問答に加わった。

「あの日、昇吉とお佳世さん、お澄さんの姉妹が急接近したと思わないか」

というところに番頭の伽耶蔵が姿を見せて、

「お佳世様、地鎮祭の神事が始まります」

と呼びに来た。

「大事な話の続きはまたあとでね」

お佳世が施主の身内としてお澄のそばに向かった。

昇吉は、出席者が手水《ちょうず》を使う場に控えて、手助けをしていた。

「若頭、あの姉妹と昇吉さん、そして、若頭の四人《よったり》は、すでに身内と思わないかえ」

と新三郎が言った。

「まあな」

「若頭は考えているんだろ」

「考えるってどういうことだえ」

「昇吉さんのこの先のことよ。い組に残ったら残ったで、あの若い衆ならばおめえさんの右腕になろう。

だがな、この料理茶屋の主のお澄ちゃんのことを考えると、昇吉さんをい組からこのうきよしょうじの奉公人に鞍替えさせたほうがいいんじゃないかという想いが胸にないかえ」

「新三郎さんは、そんなふうに考えなすったか。お澄は十四、昇吉は十七歳、早い気もするがね」

吉五郎が胸に生じている想いに抗《あらが》って応じてみた。

「若頭、あのふたりは並みの十四歳と十七歳とは違いますぞ。わが加賀藩前田家には、藩士の総数は中間小者併《あわ》せて、およそじゃが一万二千余人おる。だが、あの若者ふたりに匹敵する者は、さほどはおるまい。それがしも、できることならば早めにうきよしょうじに奉公させてほしいと思う。藩にとっても得難い料理茶屋であり、人材ゆえな」

「服部様、まさか昔の蒸し返しをなさるお心算ではございますまいな」

「それはない」

と吉五郎と服部が短い応酬ながら真剣勝負さながらに言い合った。

しばし間があったあと、

「加賀の料理茶屋は、江戸ではこのうきよしょうじに尽きるでな、殿も料理茶屋が商いを再開するのを楽しみにしておられる」

ふたりの会話の内容を知って知らずか、新三郎は口を挟まなかった。

修祓のあと、浮世小路に神が降臨《こうりん》された。献饌《けんせん》のあと、祝詞奏上が始まった。

三人は頭を下げ、思い想いの考えを胸に祝詞を聞いた。

昇吉は、注連縄《しめなわ》の下がった斎竹の外に立ち、独り頭を下げていた。おれのいまの立場は、

(この斎竹のうちと外の違いだ)

加賀屋と長年のつながりを持つこの界隈の旦那衆とも全く違うのだ。

お佳世とお澄との付き合いがあるゆえに地鎮祭の手伝いもなす、当分はこの立場を守るべきだ、と己に言い聞かせていた。

昇神の儀で地鎮祭の神事は滞《とどこお》りなく終わった。

施主のお澄が神田明神の宮司を浮世小路から表通りへと見送った。その背後には昇吉の姿があった。

あとは参列者が祝い酒を呑み合う直会が残っているばかりだ。

加賀屋が用意した乗物に乗った神主を見送るお澄が背後にいる昇吉に、

「神様が天にお戻りになることを昇神というのね、昇吉さんの昇の字といっしょよ」

「そんなこと考えたこともなかったぜ」

「昇吉さんは加賀屋の、うきよしょうじの昇吉になるのよ」

「そりゃ、何年も先のことだ」

「四年や五年、直ぐに来るわよ。お澄の旦那様、皆さん、直会でわたしをお待ちよ」

と言い残したお澄が昇吉と笑みの顔を残して去った。

地鎮祭が無事に終わった場では、名主の喜多村彦右衛門がお澄を迎えて、
「本日加賀屋うきよしょうじの地鎮祭の儀がめでたくも催されました。
これをもって加賀屋の主にはお澄さんが就かれました。十四歳の若い、されど
しっかりと賢い六代目をご一統様、今後ともよろしくお引き立てご助勢のほど、
喜多村彦右衛門からもお願い奉ります」
と短くも心の籠った挨拶をなした。そして、参列者に神酒《みき》が配られ、町火消一
番組い組の総頭江左衛門が音頭《おんど》をとってその場の一同が呑み干した。
昇吉は、一同が神酒を呑み干す光景を加賀屋の奉公人たちとは離れた場所から
見詰めていた。加賀屋の番頭伽耶蔵が昇吉に歩み寄って密《ひそ》やかな声で、
「昇吉さん、これからも若い施主の手助けを願いますぞ」
と乞うた。
しばしその言葉の意を確かめた昇吉が、
「私ができることはなんなりとお申しつけくだせえ」
と答えていた。
その若い施主の御礼の挨拶が始まった。
「ご一統様、ご多忙のみぎり加賀屋うきよしょうじの地鎮祭にご参列くださり、

施主としては感謝の一語にございます。ご一統様に申し上げるまでもなくわたくし澄は十四歳の若輩者でございます。商いの上でもふだんのお付き合いに際しても足りないことばかりです。失礼非礼の折りは、その場でお叱り、ご注意してくださいまし。加賀屋六代目澄、ご一統様のご忠言を聞く耳だけは持っておるつもりです」

昇吉は、両目をつぶってお澄の透き通った声音の爽やかな挨拶の一語一語を胸の中に刻み込むように聞いた。

地鎮祭の場には、日本橋から今川橋までの表通りのお店の百人以上もの主人や番頭衆やい組の総頭が残り、いつまでも賑やかに加賀屋うきよしょうじの再開に向けての第一歩が無事に済んだことを喜び合って酒を酌み交わした。

そんな直会が半刻以上も続き、

「こんどは建前の折りに会いましょうかな」

「おお、なにしろしっかり者の加賀屋の当代じゃが、わしの孫と同じ歳ですぞ。皆さんでな、支えてやらんとね」

と駿河町の墨筆硯問屋の主の中村屋忠兵衛が言い、

「いかにもいかにも、私どもの孫をこの場のご一統でなんとしても見守りますぞ」

と三井越後屋の大番頭が応じて、賑やかにも和やかな雰囲気は最後の最後まで続いた。

名残り惜し気に参列者が土産を手にいなくなった加賀屋の敷地にお佳世とお澄姉妹が佇んでいた。

「お姉ちゃん、これでいいのね」

「もはや加賀屋の主は間違いなくお澄、あなたですよ」

と言い合う姉妹を吉五郎と昇吉が見守っていた。

「昇吉、頼んだぜ」

と吉五郎が言った。

昇吉が若頭を見た。

「最前、親父と話し合った。おれは、昇吉という右腕を失うのはなんとも惜しいがよ、おまえはい組から出ねえ。そして、加賀屋のお澄さんを陰ながら支えねえ。もはや、昇吉おめえには、これ以上の言葉は要らねえな。ゆくゆくおれと昇吉、おまえは、義理の兄弟になる間柄だからな」

と言った。

親父とは町火消一番組い組の五代目総頭のことだ。

(もはやおれの行き先は決まった)

と覚悟した昇吉は大きく首肯し、

「若頭、明日にもい組の長半纏と鳶口、お返しに上がります」

「おお、総頭と仲間に別れの挨拶をしねえ。だがよ、その長半纏と鳶口は、おまえが一番組い組にいた証しに生涯手近においておきねえと親父とおれからの贈り物だ」

「なんてこった」

「おめえは、い組をただ出るだけじゃねえ、い組と加賀屋の絆がその長半纏と鳶口だ」

と言い切った。

「若頭、ありがたく頂戴します」

と昇吉は若頭に深々と頭を下げた。

四

伊勢町堀の堀留に舫われていた屋根船が加賀屋うきよしょうじの普請につく職人らの仮宿として使われることになった。ためにお佳世とお澄、それに女衆は、いったん深川蛤町飛地の別邸に移り住むことになった。

い組を辞した昇吉は、普請の間、屋根船に暮らすことになった。むろん伽耶蔵ら加賀屋の奉公人の男衆三人も住み込み、棟梁の若い弟子たちも加わった。

浮世小路の老舗加賀屋うきよしょうじの普請はそれほど大変な出来事だった。それは火付けに遭ってお店と住まいが焼失したこともあったが、その火事で主夫婦の七兵衛とお香が身罷ったことが大きかった。この先代夫婦の焼死は故意の殺しか、炎から逃げ遅れてのことか、町奉行所でははっきりとさせなかった。昇吉は、加賀藩に絡んでの出来事、これ以上、世間にあからさまに伝えることを控えた結果と考えていた。

昇吉が初めて屋根船に泊まり込んだ日、あかべいに、

「あかべい、またいっしょになったな。よろしく頼むぜ」

と願っていると道具を運び込んできた達二が、

「おれたちの小舟とはだいぶ違うな。なんとも立派な屋根船だぞ」

「達兄い、よろしくな」

「おお、こちらこそ頼まあ。なんたって、おめえが火消のい組から加賀屋に鞍替えと聞いてぶっ魂消たぞ。どういうこった」

と質した。

「うん、あれだけの騒ぎがあったあとのことだ。普請中になにかあってもいけないってんで、おれは若頭から命じられて手伝いに出されたのよ」

と昇吉は、曖昧に答えた。

「ということは普請が終わったら、またい組に戻るのか」

「さあな、そいつは若頭の胸のうちに訊いてみるしかないな」

ふーん、と返事をした達二が、

「おまえがさ、お澄さんの婿になるって噂が流れているがほんとうか」

と真面目な顔つきで問い、

「達兄い、お澄さんはいくつだ」

と昇吉は反問した。

「十四だろうが。でもよ、加賀屋の主だっていうぞ。ここんとこのおまえの動きを見ているとよ、それもありかと思ったんだがな」

「ならば訊くぜ。おれたち、ちょろっこい橋向こうの米屋の家作、裏長屋生まれだよな。天と地がひっくり返ってもそんな話があると思うか。世間様は、おもしろおかしくなんとでもいえるさ」

「そうだよな」

と半ば得心した風の達二が普請場に戻っていった。

こうして穏やかな日々が続いた。

土台工事が終わり、木場から運び込まれた木組みで日に日に総二階瓦屋根の加賀屋の普請が進んでいった。

普請が本格化したころ、番頭の伽耶蔵が普請場に姿を見せた。するとちょうどそこに御用聞きの八百蔵親分が普請を見に来たか、ふたりして普請の具合を見ながら棟梁の砂之吉に話しかけていた。

荷船で木場から運ばれてきた木材を普請場に上げる作業の手伝いをしていた昇吉が不意に呼ばれた。

「番頭さん、御用ですかえ」

と新米奉公人になった昇吉が伽耶蔵に尋ねた。

「私の用事ではありませんよ。八百蔵親分がおまえさんに話があるそうです」

との伽耶蔵の返答に昇吉は親分を見た。

「おめえばかりに手柄というわけにもいくめえ。大したタマじゃないが、お店に親し気に入り込んでな、幾たびか通ってそれなりの品を買い求め、馴染の上客と思わせ、最後には、値のはる品をかすめとっていく詐欺師四人組をとっ捕まえたのよ」

「お手柄でしたね」

「手柄な」

と首を捻った八百蔵が、

「そやつらがこのうきよしょうじに上がり込んで、一ノ木の若旦那薗太郎と偽名を名乗ったという経緯をつい最近、お佳世さんや伽耶蔵さんに聞かされていたんでよ、大番屋で南町の旦那とおれでこやつらを厳しく調べたと思いねえ。

おもしろいことを喋りやがった。四人組の頭分の章次郎《しょうじろう》はよ、元々色事師《ごとし》の章次郎と呼ばれる野郎さ。それがよ、こちらのうきよしょうじにな、十年以上も前に小僧で一時奉公したことがあると喋りやがった。そいつが一ノ木の若旦那薗太郎に扮してよ、火付けに遭った夜、たまさか手下どもとうきよしょうじに上がりやがった。応対したのはこの番頭さんだ」

と御用聞きが番頭を見た。

「こりゃね、なんとも情けない話ですよ。ひと月とはいえ、小僧として奉公していた章次郎の顔を私は覚えておりませんでな、火付けの夜、一見の客にも拘《かか》わらず座敷に上げてしまったんですよ」

と伽耶蔵が頭を抱えた。

「番頭さん、十数年前の話でしょう。章次郎だって十いくつか、大人のいまとは体も大きくなり顔も違っていましょう」

と伽耶蔵に話しかけた昇吉が、

「章次郎は、たったひと月で小僧を諦めたのですか、それとも不都合があって辞めさせられたのですかえ」

と質した。その問い方に八百蔵親分がうんうんと頷いてみせた。

「ええ、兄が流行り病で死んで、実家の小店を私が継ぐことになったといって自分から辞めたと覚えているがね、それだって親分に言われてうっすらと思い出したことですよ」

と応じた伽耶蔵の顔は鬱々《うつうつ》としていた。

「なにかございましたんで」

「小僧が辞めて数日経ったとき、うちでも値の張る伊万里《いまり》の大皿が消えておりましてね、何両もするものでした」

「えっ、小僧の章次郎の仕業ですか」

「いかにもさようです」

と悔し気に伽耶蔵が言い、

「私が死んだ旦那様に番屋に届けましょうと願ったんですがね、なんぞ曰くがあってのことでしょうと、届けを出さず仕舞いでね、その結果、こたびの火事の夜に色事師の章次郎が自分が一時奉公したお店に客として上がったというわけですよ」

と困惑の顔で説明した。

「番頭さん、最前も言ったがその一件を見逃したがゆえに、色事師の章次郎が詐欺師に成り下がったか、成り上がったかしたんですぜ。色事師の章次郎一味にあれこれと騙されたお店が何十軒もありましてね、損害は何百両にもなりましょうな」

と八百蔵親分が険しい顔で伽耶蔵に言った。

「なんとも申し訳ないことで」

といよいよ体を竦めた伽耶蔵に、

「お佳世さんはあの夜ちらりと章次郎の四人組を見かけたそうですが、十年以上も前にひと月ほど奉公していた小僧とは気づいておりませんでしょうね」

と昇吉が問うた。

「お佳世さんはその当時、七、八歳でしょう、まず記憶になんぞございますまい。なにしろ立派な大人の私がこうですからな。

ところがですよ、親分さんのお調べでは、先方の色事師の章次郎はお佳世さんに狙いをつけてうちに強引な手を使い上がったそうです」

と話柄を変えた。

「どういうことですね、番頭さん」

「あやつは、お佳世さんには許嫁《いいなずけ》同然のい組の若頭がいることを承知で、色事師の腕前を発揮しようとしたか、このうきよしょうじに大胆にも上がり込んだというわけよ」

と伽耶蔵の代わりに八百蔵親分が答えた。

「番頭さん、こたびは章次郎は器なんぞ盗んでいきませんでしたかえ」

と昇吉が質した。

「さあ、あの夜、お店も住まいも焼けましたからな。器もすべて消えてしまいましたので、なんとも」

「なんとも分からねえか、番頭さん」

と苦笑いしながら西河岸の八百蔵親分が伽耶蔵に問うた。

「あやつら、上客のふりして器を盗んでいきましたか」

昇吉が話を進めた。

「章次郎は、十数年前の餓鬼時分からやることはいっしょよ。あやつら、一人ひとりが何枚かずつ器を盗んでいったそうな。そいつを故買屋に一両三分で売り払ったそうだぜ」

「ええ、あの夜も盗みを働いておりましたか、呆れた。うちの器はその程度の値では買えない品物ばかりですがな」

と伽耶蔵が憤慨《ふんがい》した。

久しぶりに深川蛤町別邸からお佳世、お澄の姉妹が普請中のうきよしょうじを見に来た。お澄が舟を降りる前にあかべいが飛び出して尻尾を振って迎えた。あかべいは、もはやお澄がうきよしょうじの主ということを承知している風の喜びようだ。

「ふーん、あかべいよ、川向こうの岸辺に繋がれて、しょんぼりしていたおまえをおれが飼っていたことを忘れたか」

「昇吉さん、あかべいは賢い犬よね」

「おお、賢いな、ただ今、だれが主か、エサくれるか承知だもんな」

「そんなこと言ってないわ、わたし」

と言ったお澄は舟から降りた姉とともに普請場に立ち、

「わあ、すでに屋根瓦が載っているのね」

「ああ、棟梁がな、雨雪が降ってもいいように早めに瓦を載せてくれたんだ。これで雨だろうが雪だろうが作業ができるってわけだ」

昇吉が姉妹の案内人を務めた。

そんな姉妹と昇吉の問答を達二が見て、

「あいつ、紺屋町裏の貧乏長屋の生まれでよ、加賀屋の姉妹とは身分違いで話にもならないと抜かしやがったが、ひょっとするとひょっとするんじゃないか」

と独り言を言った。

「達、おめえ、気を抜いた仕事をしていると、棟梁に願って普請場変えてもらうぞ」

達二の父親玉吉《たまきち》が言い放った。だが、心から機嫌が悪いわけではないらしい。

「親父のいない普請場ならどこでもいいや」

「おお、うちの棟梁のところによ、よりによって貧乏長屋の厠《かわや》の修繕の注文が舞い込んだそうだ、その程度ならおめえ独りでできよう。明日からそっちに行け」

「親父、いくらなんでも長屋の厠かよ。おりゃ、喜多村家の味噌蔵の棚造りだって独りでこなしただろうが。もう一人前の大工として扱ってくれねえか」

「独りで棚造りをやったと言ったな。おめえ、だれぞを助っ人に使ってなかったか」

「えっ、昇吉はおれの手伝いをしたんじゃねえぜ。このうきよしょうじを見張るためにちらと、名主さんの敷地に入れただけだ」

「おめえにそんなことが許されているものか。やっぱり長屋の厠修繕が似合いかね」

と父子は言い合いしながら、加賀屋の姉妹と昇吉が話す様子をちらちらと見ていた。

「親父、昇吉は大物かね、あの姉妹とよ、平然と話をしてやがるぜ。おりゃ、あの姉と妹の前に出たら、上ずってなかなか言葉が出てこねえや」

「おお、おめえはその程度の人間だよ。昇吉は小さいころから肝っ玉が据《す》わっていたからな。よくもい組が手放したぜ」

「やっぱり若頭は、昇吉を加賀屋に本気で鞍替えさせたのかね」

「おお、総頭も承知のことだ。達、昇吉を大事にしねえ。おれたち親子が親方だ、棟梁だと呼ばれることは金輪際《こんりんざい》ねえがよ。昇吉は、ひょっとしたらひょっとするな」

「どういうことだ、ひょっとしたらひょっとするってのはさ」

「あいつがこの加賀屋の婿になるかもしれねえってことだよ」

「親父もそう思うか」

「おお、棟梁も番頭さんもそうみてなさるな。い組の総頭も若頭もそれを承知で加賀屋の奉公人にしたのよ」

「お澄ちゃんと夫婦になるということだな」

「あのふたりならば、先々のこともすでに話し合っているぜ」

「魂消たな」

「おめえの取り柄は、昇吉と幼馴染ということよ、大事にしねえ」

「おれが雪隠大工じゃ、昇吉も尻込みするぜ」

「ならば一日も早く一人前の大工になりねえ」

「ああ、そうする」

と達二は正直に返事をした。

この日、お佳世とお澄は普請を見物して時を過ごした。昼間にはい組の若頭の吉五郎も普請場を訪ねてきてお佳世と過ごしながら昇吉の行動を見ていた。

達二が仕事仕舞いで棟梁らの道具を屋根船に運んでいると親父が、

「達、おめえに加賀屋の娘主が用だとよ。深川蛤町の別邸を見てこい」

「えっ、別邸も建て替えるのか」

「おめえ、別邸を知らねえだろう。最前、棟梁とおれのところに昇吉が来てよ、お澄さんの命で達二、おめえに別邸を見せたいとよ」

「お、おれが別邸に手を入れてもいいのか」

「まあ、建物を見てからものを言え。だがよ、昇吉は、物ごとの道理を承知だよな。お澄さんの名を出して棟梁に掛け合うんだ。棟梁もひと晩泊まりの用事って聞いてもよ、断われねえよな」

と言い切った。

四半刻後、久しぶりに加賀屋の持船に小舟を引かせて日本橋川を下っていた。

小舟は明早朝、帰りに達二と昇吉が乗ってくるのだ。

そんなわけで普請場の番犬のあかべいは、浮世小路に残った。

「お澄さんさ、達兄いが加賀屋の別邸を見物する間、おれさ、恵然寺の猩然老師に会ってきていいかな」

と昇吉は女主に願った。その傍らには角樽《つのだる》が置かれてあった。むろん老師への土産だ。

「いい考えね。わたしもいっしょしちゃいけない。お姉ちゃんもどう」

お澄が昇吉に答え、お佳世を誘った。

「私、老師に挨拶するのならば、若頭といっしょしたい。それに達二さん、独りで別邸に残せないでしょ」

との返答にお澄とふたりで猩然老師に面会することにした。

「達兄い、あの土塀が加賀屋の別邸だぜ」

と昇吉が教えた。

仙台堀の別邸を水上から見た達二が、

「なんだと、あの石垣の上に土塀が延々と続くところが別邸だと。土塀の内側すべてが加賀屋の持物じゃないよな」

「達兄い、おれも最初魂消たぜ。とはいえ、塀の外からしか見てねえや。老師に挨拶したらよ、達兄いといっしょに見物させてもらうぜ」

と言い、船着場から河岸道に上がったところで、二手に分かれた。

猩然老師は、相変わらず作務衣姿で箒を手に庭にいたが、昇吉が提げた角樽にまず目が行った。

「おお、角樽といっしょに加賀屋の当代が見えたか」

「老師、両親の突然の死でかようなことになりました。今後ともよしなにお付き合いくださいまし。迷いごとが生じました際は、老師にご相談に参ります」

「うんうん、そなたには頼りがいのある軍師《ぐんし》がついておるわ。わしが出ずとも案ずることはあるまい」

猩然が言い切り、

「読売をな、読んだで、そなたが役目以上の働きをしたことを愚僧、すでに承知だ。わしが考えた以上にそなた、遣り手じゃやな」

と昇吉を褒め、昇吉は角樽を渡すと、

「過日、老師にお会いして肚が決まりました。お陰様でなんとか、うきよしょうじの騒ぎは幕を閉じ、ただ今は新しい料理茶屋と住まいの普請が着々と進んでおります」

と現状を説明した。

「どうやら加賀屋の当代と町火消の新米は話が合うようだな」

「老師、言い忘れておりました。おりゃ、い組を出て、加賀屋の奉公人に鞍替えしたんで。おれの考えより周りの」

「わたしの願いよね」

昇吉の言葉をお澄が横取りして言った。

「そうか、軍師は加賀屋の軍門に降《くだ》ったか。わしが出る幕はなかろう」

「老師、料理茶屋落成のみぎり、浮世小路にお出でください」

とお澄が誘った。

「落成の場に招いてくれるか。うん、となれば、なんぞ土産のひとつも考えんとな」

昇吉が思案の体で、

「新米奉公人がな、隠居さんの言葉でよ、ふと思いついたんだが、新しい料理茶屋のために『うきよしょうじ』って屋号を認めてもらうというのはどうだ。建物どころか、看板もなにもかにも燃えちまったんだ。この際、新しい看板に用いる字をさ、老師に書いてもらうってのはよ、どうだ、お澄ちゃん」

「昇吉さん、いい考えだわ。燃えた看板はなんだか、しかつめらしい書体だったわね。老師、かな文字で、優しく書いてもらえません」

「軍師も主もあっさりと厳しい注文をつけよるな。そなたら、今晩、こちらに泊まるか」

「老師、その心算です」

「お澄ちゃん、おれの小舟にはよ、借りっぱなしの筆硯墨と紙まで載っているぜ。お澄ちゃんの注文のようにさらさらと認めてくれないか、そしたら、明日にも棟梁に相談してみるぜ。どこに屋号を掲げるとかよ、銘木はどんなもんがいいとかよ、ご隠居さんよ」

昇吉の言葉にお澄が乗った。

「老師も昇吉さん方といっしょに別邸に泊まって、ひと晩がかりで屋号を書いていただいたらどうかしら。

お酒は呑み放題よ、それとも明日の朝がいいかな、ただ、お父つぁんと違って老師のお相手はだれもできないわね。わたしたち、未だだれもお酒は呑めないものね」

「いや、お佳世さんはそれなりにいける口じゃぞ。一度、七兵衛さんお佳世さん親子と同席して呑んだことがある。ありゃ、七兵衛さんより強いかもしれん」

との言葉に、

「ならば、老師、お出でを別邸でお待ちしています」

お澄が言い、昇吉とふたりして恵然寺の山門に向かった。

お澄が昇吉の手に触れた。

「いい宵ね」

「ああ、お澄ちゃんも十五夜もきれいだぜ」

「ふっふっふ」

と微笑むお澄と昇吉のふたり、加賀屋の別邸に走っていった。

終　章

　翌早朝、昇吉と達二は、小舟に乗って大川を横切っていた。

　小舟には猩然老師が筆を変え、書体を違えて認めた、

「かがや　うきよしょうじ」

と、

「金沢名物料理　加賀屋」

の屋号の書が載せられていた。

　この猩然の書をどんな銘木に刻めばよいか、棟梁の砂之吉に相談しようと思案していると、

「昇吉、おりゃ、諦めたぜ」

　と達二が突然言った。

「諦めたってなにをだ、達兄い」

「決まっているだろうが、お澄ちゃんのことだよ」

「達兄い、お澄ちゃんが好きなのか」

「だれだって好きになるに決まっているがよ、もうお澄ちゃんの胸の中は昇吉しかねえよ。昇吉、お澄ちゃんを大事にしねえ」

しばし沈黙した昇吉が、

「ああ、そうする」

と答えたが、

「あれこれと動きがあってよ、妙な年だと思わないか、達兄い」

と問い直した。

「ああ、そりゃな、おれたちが、餓鬼から一人前の大人になろうとしているってこっちゃないか」

「そうかもしれないな」

「おりゃ、棟梁の右腕になるような大工になるぜ。おまえは」

と言いかけた達二が、

(もはや口にする要はないな)

と思った。

大川に朝の光が差し込んで水面を黄金色にきらきらと輝かせた。

あとがき

オムニバス『浮世小路の姉妹』を書こうと筆者が思い付いたのは一冊の本、"The Kidai Shōran Scroll: TOKYO STREET LIFE IN THE EDO PERIOD"を娘に知らされたことがきっかけだ。二百十七年前（文化二年）の日本橋《にほんばし》通りを描いた「熈代勝覧《きだいしょうらん》」絵巻のサイズは、紙幅およそ四三センチ、長さは一二・三二メートルと長大なもので、絵師は不明だ。だが、この絵巻を本物ではなくとも写しを見ただけで人はたちまち魅了されることだろう。ちなみに本物の「熈代勝覧」はベルリン国立アジア美術館（旧ベルリン東洋美術館）に所蔵されている。コロナ禍がなければわが親子はすぐにでもベルリンに飛びたいのだが、残念なことにパンデミックは直ぐに鎮まりそうにない。

そこで光文社文庫編集部と相談して「熈代勝覧」の絵巻を舞台に、オムニバスの一巻として物語を創作することにした。

私の場合、物語の舞台が、このように日本橋通りと限定されて執筆するのは甚《はなは》だ珍しい。具体的な映像に刺激されて物語を書くのは、私にとって「しんどい作業」なのだ。

さてこの絵巻に神田今川橋《かんだいまがわばし》から日本橋までおよそ七町（七六〇メートル）が描写されており、（私は数えたことはございませんが）小澤弘氏、小林忠氏によると、千六百七十一人の老若男女、犬二十四、馬十三頭、牛四頭、猿一匹、鷹二羽が細かくも活気を帯びて描かれている。

ともあれ江戸文化が爛熟《らんじゆく》した文化・文政期の一本の通りにお店から露天商い、棒手振《ぼてふ》りまでと江戸後期の日常が細密に描写されているなんて、

「凄い」

の一語だ。

いまも江戸期も日本橋界隈は、商業地域にしてファッショナブルな地域である。むろん日本橋は五街道の起点、交通の要衝《ようしよう》でもある。

物語のタイトルとなった浮世小路は、室町三丁目の間を東西に延びた小路で、魚河岸に接した伊勢町堀《いせちようぼり》の堀留に突き当たる横町だ。

さあてどんな登場人物をと考えて「煕代勝覧」の登場人物を見たが、どの人物も主役を張れる存在感のあるスターばかりだ。こりゃ、最初から絵巻に物語が負けるわな、と思ったが絵巻の世界を放り出すわけにはいかない。

ともかく日本橋界隈育ちの姉妹に落ち着いた。

物語は、読者諸氏に読んでもらうとして、大変苦労されたのは装丁家の小林万希子さんではなかろうか。「煕代勝覧」の世界を向こうに回して表紙世界を描写するのは、「えらいこっちゃ」だ。が、読者諸氏がご覧のとおり、江戸の絵巻物に真っ向勝負の表紙になった。

オムニバスも『新酒番船《しんしゅばんふね》』『出絞《でしぼ》と花かんざし』、そして今回の『浮世小路の姉妹』で三作になった。長いシリーズとは違い、一作一作楽しみながら書いていこうと思う。

コロナ禍が収まった暁《あかつき》には、ベルリン国立アジア美術館に本物の絵巻「煕代勝覧」を見に行くぞ、と考えている。コロナウイルスめ、外国旅行もままならない時世が三年目に入った。先に収束・終結するのはウイルス感染かロシアのウクライナ侵略か。八十の爺様が生きているうちに「煕代勝覧」の本物に会わせてくれ、と朝風呂のなかで八百万《やおよろず》の神様に願う毎日である。

二〇二二年四月

佐伯泰英

【参考文献】

"The Kidai Shōran Scroll : TOKYO STREET LIFE IN THE EDO PERIOD" Ozawa Hiromu and Kobayashi Tadashi ; translated by Juliet Winters Carpenter (JAPAN LIBRARY), Japan Pub. Industry Foundation for Culture, 2020

『『熈代勝覧』の日本橋（アートセレクション）』小澤弘、小林忠著、小学館、二〇〇六年

『熙代勝覧』絵巻　日本橋周辺部分
作者不明、文化２年［1805］頃？
43.7 × 1232.2cm　紙本著色、ベルリン国立アジア美術館蔵

※原画を約1.4倍に拡大した複製絵巻（1.53 × 16.8m）は東京メトロ銀座線、半蔵門線「三越前」駅地下コンコース内、日本橋三越本店本館、地下中央口付近の壁面にて鑑賞できます。

光文社文庫

文庫書下ろし／長編時代小説

浮《うき》世《よ》小《こう》路《じ》の姉《し》妹《まい》

著　者　佐《さ》伯《えき》泰《やす》英《ひで》

2022年6月20日　初版1刷発行

発行者　鈴　木　広　和
印　刷　萩　原　印　刷
製　本　ナショナル製本

発行所　株式会社　光　文　社
〒112-8011　東京都文京区音羽1-16-6
電話（03）5395-8149　編　集　部
8116　書籍販売部
8125　業　務　部

ISBN978-4-334-79368-5　Printed in Japan

組版　萩原印刷